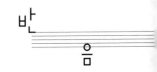

창비청소년문학 115

반음

초판 1쇄 발행 | 2022년 11월 25일
초판 2쇄 발행 | 2023년 5월 30일

지은이 | 채기성
펴낸이 | 강일우
책임편집 | 김준성
조판 | 신혜원
펴낸곳 | (주)창비
등록 | 1986년 8월 5일 제85호
주소 | 10881 경기도 파주시 회동길 184
전화 | 031-955-3333
팩스 | 영업 031-955-3399 편집 031-955-3400
홈페이지 | www.changbi.com
전자우편 | ya@changbi.com

ⓒ 채기성 2022
ISBN 978-89-364-5715-0 43810

* 이 도서는 2022년도 한국문화예술위원회 아르코문학창작기금(발간지원) 사업에
  선정되어 발간되었습니다.

반음

채기성 장편소설

창비

차
례

첫 연주는 무반주 합창이었다.

이른 봄밤을 떠올리게 하는 가볍고 서늘한 기운이 기념관 강당을 채우고 있었다. 조명 너머 객석에 앉은 이들 모두 들뜬 마음을 안고 있는 것처럼 보였다. 생동하는 시작의 순간을 기다리고 있는 것이다.

무대를 향한 밝은 조명 속에서 선생님의 지휘봉이 높게 솟았다. 정적의 세상에 최초의 소리를 내는 제사가 있었다면, 제사장의 모습은 저와 같았을 것이다. 숨죽인 고요 속에서 힘차고 크게 부를 것을 주문하는 제사장의 모습을 나는 떠올렸다.

그 고요가 여기에 있다.

모두가 숨을 죽이고 있다. 한 순간을 기다리며.

첫 음을 내야 할 시간이다.

마침내 정적을 가르며 선생님의 지휘봉이 힘차게 휘둘러졌다.

나는 힘껏 입을 벌린다. 첫 음을 하나처럼, 영롱하게 내기 위해서 얼마나 많이 연습했는지 모른다. 오늘 연주의 시작인 첫 음을 선생님은 모자람이 없을 정도로 강조해 왔다.

그러나 나는 입을 벌린 채, 곡이 끝날 때까지,

단 한 번도 소리를 내지 않았다.

1부

메조피아노 조금 여리게

mezzo piano

1

낯선 번호의 전화가 울렸다.

"혹시 권제주 맞나요?"

또래 나이의 여자 목소리다.

"서지 알죠? 친구예요."

짐작 가는 바는 없었지만, 네, 하고 대답했다.

"노래를 잘한다고 들어서요."

말투에 들어 있는 웃음이 간지럽게 느껴진다.

"노래요?"

"네, 노래."

그 애의 호흡이 바짝 귀로 다가선다.

그때 내가 느낀 감정은 막연함, 그리고 버거움. 누군가를 안다는 건 신경 쓸 일이 하나 늘어난다는 일. 거추장스러운 일.

"합창부 들어오지 않을래요? 학교 합창부에 함께 노래 부를 사람이 필요한데, 마침 서지한테 얘기를 들어서."

번거로운 생각들을 비집고 끼어드는 목소리였다.

'⋯⋯합창부.'

나는 소리는 내지 않고 입속말로 중얼거렸다.

"우리, 학교에서 잠깐 볼까요? 2학년 7반? 내일 찾아갈게요."

작은 웃음소리가 내 귓가에 번진다. 참을 수 없다는 듯이 새어 나오는 나직하고 귀여운 웃음. 나는 그 웃음을, 숨소리를 더 들어 보고 싶다고 생각한다.

"난 재현이야."

내가 이름을 속으로 되뇌는 사이, 그 애가 덧붙인다.

"구재현."

그 애가 찾아온 것은 다음 날이 아니라 이틀이 지나서였다.

그때 나는 계절이 지나가는 풍경을 창문 밖으로 바라보고 있었다. 창문에서 눈을 뗀 다음 무심코 고개를 돌렸을 때, 교실 문 앞에 그 애가 서 있었다. 동그란 티타늄 안경을 썼고 키가 컸으며 올림머리를 하고 있었던 것으로 기억한다. 나는 그 애가 재현이라는 것을 짐작하면서도 부러 알은체를 하기보다 모른 척 숨고 싶었다. 내게는 없는 어떤 생기가 왠지 부담스러워서였다. 그런 생각과 상관없이 그 애의 시선은 내게 머물러 있었다.

반 아이들이 그 애 곁을 오갔다. 멈춰 선 그 애의 시선이 내게 닿아 움직이지 않았다. 이윽고 그 애가 몸을 움직였을 때는 한쪽 눈꺼풀이 떨렸다. 흔들리는 내 시선 속에서도 그 애는 멈추지 않고 다가와 가지런히 두 발을 모은 채 내 앞에 선다. 나는 눈을 마주치지 못

한다.

"권, 제주……."

나를 알아보고 다가왔으면서도 내 이름을 부르는 목소리에는 망설임이 깃들어 있다. 나는 내 이름을 듣고서야 어쩔 수 없이 고개를 든다. 안녕. 그 애가 손바닥을 펴고 흔든다. 하얀 손바닥. 마침 창 안으로 들어선 빛에 손바닥이 찬란히 반짝였다.

"어제 전화한, 구재현?"

그 애가 내 이름을 불렀을 때 얼굴이 붉게 상기되어 있을까 봐 걱정했다는 사실을 알까.

"기억하네."

나는 고개를 끄덕인다. 시선을 다른 데로 돌리고 싶었지만 목이 뻣뻣하게 굳어 움직일 수가 없었다. 나를 잡고 있는 저 시선이 사라지면 가능할까.

"어제 내가 한 말, 생각해 봤어?"

재현의 시선을 겨우 피해 고개를 돌렸다. 사실은 밤새 그 말 때문에 잠을 이루지 못했다. 그 마음이 들킬까 봐 그 애를 보지 않고 물었다.

"내가 꼭 들어가야 해?"

"노래 잘한다고 들어서."

"나, 노래…… 못해."

추켜세워 주는 게 부담스러워 나는 마음에도 없는 말을 꺼냈다. 고개를 들어 올려다본 재현은 웃고 있다. 통화할 때 상상됐던 그 표정으로.

"괜히 애써서 합창부 들어오려는 애들 요즘은 거의 없거든. 공부에 방해된다고 생각하니까. 노래 좋아하는 애들도 별로 없고. 그래서 이렇게 찾아다니는 거야."

그 애의 시선을 거절할 수가 없다. 방금 전 한 말과 다르게 나는 수긍하듯 고개를 끄덕인다.

"지금 음악실 내려가 볼까?"

"지금?"

"응, 가서 바로 선생님한테 오디션도 볼 수 있어."

"오디션도 봐야 해?"

"진짜 노래 잘하는지 봐야지."

오디션이라는 말이 미묘하게 나를 자극했다. 특별나게 노래 실력이 출중하다고 생각진 않았지만, 노래를 꽤 잘한다는 얘기는 많이 들어 왔다. 타인 앞에 나서서 노래를 하는 게 그리 두려운 일은 아니었다. 다만 노래하는 것에 문제가 하나 있다면, 악보를 보지 못한다는 사실이었다. 악보를 읽지 못한다는 걸 아무에게도 말한 적이 없다. 어느새부턴가 그건 내 약점이 됐다.

악보를 들여다보면 그곳에는 노래를 닮은 기호들이 여러 갈래로 나뉘고 뛰어오르다가 어렴풋해진다. 나는 기호들이 가리키는 음을 상상해 보려고 노력한다. 그렇게 해서라도 노래를 부르고 싶으니까. 간혹 누군가 그 음이 맞느냐고 할 때마다 나는 작은 음표가 되고 싶어진다. 악보 속 기호 가운데 하나가 되어 숨고 싶어진다.

"좋아."

그 애의 자극이 나를 무모하게 만들었다.

"간다고?"

"응, 오디션은 한번 볼 수 있으니까."

"오, 좋아!"

웃을 때 재현의 어깨는 좁아지고 눈은 작아진다. 익살스러운 표정으로 재현이 나를 향해 미소 짓는다.

음악실로 향하는 반지하 복도에는 석회 벽 위로 낡은 갈색 목재가 덧입혀져 있었다. 목재 위쪽으로는 실금들이 거미줄처럼 엉켜 천장까지 어지럽게 이어졌다. 벽에서 분진이 떨어져 교복에 내려앉았다. 회색 분진은 털어 내도 잘 지워지지 않았다. 복도의 공기는 위층과 달리 습하고 차갑게 느껴졌다.

"잠깐 기다려 줘."

습기가 사람의 결을 만드는지 재현이 차분한 목소리로 말했다. 그러고는 음악실 앞쪽 교사실의 문을 열고 들어갔다.

음악실 안에는 몇 명의 아이들이 있었다. 아마도 점심시간을 이용해 연습을 하러 온 합창부 단원들 같았다. 얼룩이 번진 창 사이로 단원들의 호흡과 숨결이 전해져 조금 긴장됐다.

"들어와."

재현이 선명하고 영롱한 목소리로 말했다. 이제야 합창부에서 노래를 부르는 이들의 목소리와 재능이 궁금해졌다. 모두가 노래를 잘한다면 나는 이곳에서 즐거울까. 생각해 보니 노래를 하는 모임이나 단체에 있어 본 적은 없었다.

음악실의 일부를 잘라 만든 듯 교사실은 간격이 좁았다. 쓰러지지 않고 있는 게 다행일 정도로 어지럽게 방치된 보면대, 양쪽 벽의 책장을 가득 채운 책과 액자가 보였다. 공간의 끝, 벽 위쪽의 작은 창으로는 빛이 간신히 새어 들어와 책상을 비추고 있었다.

"재현이가 말한 친구가 너니?"

굵은 중저음의 목소리가 들려온 쪽으로 고개를 돌려 보니 베이지색 줄무늬 셔츠에 멜빵을 두른, 익숙한 음악 선생님의 뒷모습이 보였다. 종이컵에 든 믹스커피 봉지를 아무렇게나 휘저으며 돌아서는 선생님의 머리카락 몇 올이 희미한 빛 속에서 너풀거렸다.

"네."

괜히 주눅 든 탓에 대답이 뻗어 나가지 못하고 입 속에서 머물다가 겨우 뱉어졌다.

"합창부에 들어오고 싶다고 했다면서?"

선생님이 자리에 앉으며 물었다. 제안받은 건데요,라고 말하려다가 재현에게로 시선을 돌렸다. 재현은 말없이 고개를 끄덕이기만 했다.

"음대 생각하니?"

선생님의 물음에 나는 고개를 저었다.

"그럼 학종 대비하려고? 비교과 활동으로 채우게?"

"아뇨."

"그럼 왜?"

"노래하는 게 좋아서요."

"여기 이래 봬도 대충 자습이나 하는 그런 동아리 아니다. 그냥 노래 좀 하고 싶다고 마음대로 들어올 수 있는 데 아니라고."

명심하라는 듯 선생님이 힘주어 말했다.

"전통과 권위가 있는 곳이야. 작년에 우리 합창부에서 음대에만 네 명을 보냈으니까."

선생님은 자랑스러운 표정을 지으며 덧붙였다. 마치 자신이 직접 그들 모두를 음대에 진학시킨 것처럼.

"재현이 말로는 노래 좀 한다며?"

선생님이 굳은 표정을 풀고 언제 그랬냐는 듯 장난스레 물었다. 감정 기복이 심한 선생님이라고 같은 반 아이들이 수군거리곤 했는데, 그 모습을 바로 앞에서 직접 마주하고 있는 것 같았다.

나는 대답하는 대신 재현을 쳐다봤다. 재현은 양 볼에 공기를 가득 넣고 희미하게 웃었다. 뭐 어때?라고 말하는 듯한 표정이었다.

"노래를 어디서 배운 적 있니?"

혹시나 그런 기대를 했던 게 아닐까 싶어 나는 풀이 죽었다.

"아뇨."

"한번 불러 볼까?"

"지금요?"

"그럼 또 언제? 지금 합창부 오디션 보러 온 거 아냐?"

선생님이 멜빵을 손으로 잡아당겼다가 놓기를 반복하는 게 눈에 거슬렸다. 이상하게 노래하고 싶은 마음이 사라졌다. 정전기가 이는 것처럼 등 뒤가 따갑고 가려웠다.

선생님 뒤편으로 자리를 옮긴 재현의 모습이 보였다. 소리 내지 않고 입 모양만으로 권제주 기운 내, 하고 외치는 재현을 바라보다가 이내 나는 결심했다. 불러 보기로.

처음 입에서 나온 소절은 성가곡 가운데 하나였다. 우리 학교는 미션 스쿨이라 합창부는 전교생 예배 시간에 항상 강당의 맨 앞에서 노래를 하는데, 그때 찬송으로 자주 부르는 곡이었다. 바람에 쓸려 누운 벼처럼 단체로 엎드린 학생들을 타고 넘어와 귓가에 꽂히던 노랫말과 멜로디를 떠올리며 나는 노래를 불렀다.

"그 곡을 알고 있니?"

노래를 다 부르고 나자 꽤 놀란 듯한 표정으로 선생님이 물었다. 나는 고개를 끄덕였다.

"넌 다른 애들처럼 예배 시간에 졸지 않았나 보네. 악보 보고 연습했니?"

"아뇨……. 그냥 예배 때 자주 들어서요."

귀에 익은 노래를 입 속으로 부르는 습관이 있다고는 말하지 않았다. 아무도 귀 기울이지 않았지만, 나는 입에 뭔가를 달아 놓은 사람처럼 자주 흥얼거렸고 사람이 없는 하굣길에서는 조금 크게 불렀다. 도로 주위에서는 차들의 소음을 빌려 목소리를 냈다.

"다른 곡 하나 더 해 볼래?"

선생님의 고개가 왼쪽으로 기울어졌다. 호기심과 의심이 교차하는 눈빛으로 나를 보고 있었다. 노래를 제법 부르기는 하지만 어딘가 못 미더운 구석이 있다는 듯한 표정이었는데, 그 때문인지 위축된 마음이 좀처럼 가시지 않았다. 선생님 앞에서 더는 부르지 못할 것 같으면서도 노래하고 싶은 심정이 간절해지는 건 왜일까. 두 감정이 기 싸움을 하며 마음속에서 서로를 밀어내고 있었다. 나는 이러지도 저러지도 못하고 허리 뒤로 감춰 놓은 두 손을 마주 잡았다.

2

찰스는 패션 디자이너였다.

연예인과 함께 옷을 만들고 모델에게 입혀 런웨이에 선보이는 예능 프로그램으로 인기를 얻었다고 하지만, 그때뿐이었던 것 같다. 늘 빚에 허덕였고 산만했으며 어떻게 살아가는 사람인지 알 수 없을 때가 많았다.

그를 알게 된 건 알바 구인 앱에서였다. 노래, 춤, 연기 등의 재능으로 돈을 벌 수 있다는 게시물에 관심이 갔다. 경우에 따라 모델 일도 할 수 있고 목소리를 녹음하는 일을 할 수도 있으며 기업 제품의 모바일 광고 영상을 찍을 수도 있다고 했다. 노래에 대한 열정만큼은 누구에게도 뒤지지 않고, 또 웬만큼은 잘 해낼 수 있다고 생각했기에 그저 무심히 지원해 본 것이었다.

지원한 지 채 한 시간이 되지 않아 전화를 걸어온 사람이 바로 찰스였다.

"디자이너예요."

여자 목소리인가 하는 착각이 들 법한, 높은 음조의 목소리였다. 높은 음역대로 노래하는 카운터 테너가 떠오를 정도로 찰스의 목소리는 얇고 가늘었으며 어딘지 모르게 음률이 있었다.

"모델 일 지원했죠?"

"네?"

"아니, 알바 지원한 거 아니냐고요."

"네, 근데 모델 일은 아니고, 노래 쪽에……."

"상관없어요. 그래서 할 거예요, 말 거예요?"

내가 대답이 없자 찰스는, 나중에라도 생각이 있으면 지금 이 번호로 연락을 달라고 하더니 서둘러 전화를 끊어 버렸다. 전화가 끊긴 휴대폰 화면을 한동안 내려다보다가 알바 구인 앱으로 화면을 전환했다. 아빠에게서 전화가 온 것은 다른 알바 구인 공고를 살펴보면서 휴대폰 화면을 지루하게 밀어 내리고 있을 때였다.

"제주야."

감기에 걸렸는지 코가 막힌, 탁하고 거친 목소리였다.

"왜?"

"아빠가 오랜만에 연락했는데 왜가 뭐야."

평소와 다름없이 전화를 받았는데도 아빠는 괜히 무뚝뚝하게 군다. 아빠에게 무슨 일이 생겼나 싶은 불안감이 마음속에서 고개를 들었다.

"운동 안 해?"

"아니, 좀 쉬고 있어."

"왜?"

"너 사람 말할 때마다 왜라고 하는 거 습관이다."

"왜 쉬는데?"

고동치는 가슴을 겨우 억누르며 물었다.

"종아리 근육이 파열됐대."

"왼쪽, 오른쪽?"

"오른쪽."

"지난번엔 왼쪽이었잖아."

"별걸 다 기억하네."

"이제 좀 그만 은퇴해."

"너 왜 그렇게 말을 함부로 하니?"

아빠의 거칠고 쉰 목소리가 덜컥 걱정이 되었다. 평소 같았으면 뭐라고 더 쏘아붙였을 텐데, 할 말이 없다. 그리고 침묵 사이로 어김없이 아빠의 목소리가 슬금슬금 기어들어 온다. 아빠가 목적 없이 전화를 하는 일은 없으니까.

"제주야, 돈 좀 있니?"

"……무슨 돈?"

"곧 있잖아, 대전료 받으면 내가 바로 줄 테니까……."

"고등학생한테 돈 달라는 아빠가 어딨어."

"내가 언제 그냥 달라고 했니? 빌려 달라고 했지."

딸에게 지지 않고 억지를 부리며 성을 내는 어른이 우리 아빠라는 사람이다.

"예전에 할머니가 용돈 하라고 준 돈 모아 둔 거 없어?"

목소리를 누그러뜨리며 아빠가 물었다. 돌아가신 할머니 얘기까지 꺼낼 정도로 급한 건가.

"없어."

"알겠어."

휴대폰 너머로 한숨 소리가 들리더니 전화가 끊긴다. 아빠는 자기가 서운하다는 티를 너무 많이 내는 사람이다. 늘 그런 식이므로 굳이 신경 쓰지 않아도 된다고 마음이 말을 건다. 하지만 거칠게 그르렁거리는 아빠의 목소리가 걸린다. 나는 통화 목록에 있는 찰스의 번호를 누른다.

"할게요."

"오케이. 내일 토요일 2시, 2시까지. 내가 문자로 주소 보낼 테니까 그쪽으로 오면 돼요."

찰스가 아까보다 조금은 힘이 들어간 목소리로 말하고는 전화를 끊는다.

논현동 지하 스튜디오에서 만난 찰스는 마르고 키가 컸다. 가장 먼저 눈에 띈 건 빨간 치노 팬츠였다. 하얀색 면 티셔츠에 남색 재킷을 입고 있었다. 왁스로 빗어 넘긴 긴 머리엔 윤기가 가득했지만, 그의 얼굴은 어딘가 빈곤하고 결핍돼 보였다.

그날 그곳에 온 사람은 나뿐만이 아니었다. 찰스가 다른 아이들의 이름을 물었다. 아담한 체구의 여자아이는 서지였고, 무표정한 얼굴의 남자아이는 정빈이었다. 우리들을 보고 찰스가 했던 첫마디가 기억난다.

"너희뿐이냐."

아마 그때 찰스가 심각하게 우리를 돌려보내고 싶었던 것 같다고 우리는 나중에 입을 모아 얘기했다.

지하 스튜디오는 공간 한쪽에 무대가 있고 그 주위를 조명 기구와 조형물이 둘러싸고 있었다. 꽤 오래 사용하지 않았는지 곳곳에 아무렇게나 방치된 기구와 소품에는 잔뜩 먼지가 쌓여 있었다.

"거기 아냐. 이리로."

찰스가 우리를 밀어 넣은 곳은 작은 분장실이었다. 그가 스위치를 켜자 테이블마다 네모나게 거울을 감싼 전구들에 불이 들어왔다. 이가 빠진 것처럼 불이 들어오지 않는 전구가 곳곳에 보였다. 한기가 가득 차 서늘하고 갑갑한 공간이었다.

"너희들 먼저 이걸 읽어 봐."

찰스가 테이블 위의 잡지들을 가리켰다. 그 옆에는 찰스가 나온 인터뷰 기사들이 액자에 담겨 있었다.

"내가 꽤 유명한 사람이라는 건 너희들도 알지? 이 잡지들에 내가 패션, 뷰티에 관해서 인터뷰하거나 어드바이스한 내용들이 나와 있으니까 잘 한번 읽어 봐. 일단 그것부터 하자."

여기까지 와서 무언가를 읽어야 한다는 게 나뿐만 아니라 나머지 두 명도 마찬가지로 의아했는지 대답하는 이가 없었다.

"오케이?"

"……."

"왜 대답이 없어. 어디서 이런."

어디서 이런 것들이 굴러들어 왔지. 그렇게 말하고 싶은 표정 같았다. 나는 그런 표정을 잘 안다. 사람의 마음을 검게 그을리는 표정. 아빠가 내게 자주 짓던 표정이었고, 그럴 때면 내 마음속에서는 아무 소리도 들리지 않았다. 겉으로는 아무렇지 않은 척하지만 마음은 깊은 동굴 속에 혼자 쪼그려 앉아 있었다.

찰스가 문을 닫고 나갔고, 우리는 분장실에 남겨졌다.

서지가 얼마 안 되는 분장실 공간을 둘러보는 동안 정빈은 어깨를 잔뜩 움츠린 채 서 있었다. 그만한 숫기로 뭘 하겠다고 이곳에 온 거야, 라고 말해 주고 싶었다.

"여기서 우리 뭘 해야 하는 거지?"

서지가 의자를 물수건으로 한 번 훔쳐 낸 다음 말했다. 거울에 반사된 전구 불빛이 서지의 눈에서 반짝였다. 베이지색 재킷에 테니스 스커트를 매치해 입은 모습이 발랄하면서도 세련된 인상을 주는 아이였다.

"읽으라잖아, 이거."

내가 잡지를 가리키며 말하자 서지가 나를 향해 물었다.

"너도 2학년이라고 했지?"

"응."

"학교 어디 다녀? 난 배진고."

"휘연."

"휘연?"

깜짝 놀라는 표정을 지으며 서지가 되물었다.

"그 학교, 내가 진짜 좋아하는 친구 다니는데. 어쩜 알 수도 있겠다. 재현이라고."

들어 본 적 없는 이름이었다. 내가 고개를 젓자 서지는 언제 같이 보면 좋겠다면서 나중에 꼭 소개해 주겠다고 했다. "정말 좋은 친구거든."이라 말하며 환한 웃음을 짓던 서지가 고개를 돌려 "너도 고2야?" 하고 정빈에게 물었다.

"난 열아홉이야."

잡지를 보던 정빈은 반쯤만 고개를 돌려 대답했다.

"아, 고3이구나."

"아니, 학년은 2학년이야."

"그래? 그럼 그냥 반말해도 돼?"

잠시 머뭇거리던 정빈은 "응." 하고 수줍게 대답하고는 다시 잡지 쪽으로 고개를 돌렸다. 그런 정빈을 보면서 서지가 잠깐 웃었다. 읽는 건 전혀 하고 싶지 않아 하던 서지도 나와 정빈이 잡지를 펼쳐 들자 어쩔 수 없이 자리에 앉아 이곳저곳을 훑었다.

두 시간 반쯤이 흘렀다. 서지는 테이블에 그대로 엎드려 잠들어 버렸고, 휴대폰 화면의 푸른빛이 비치는 정빈의 얼굴은 한없이 무료해 보였다.

그때 문이 열렸다. 급하게 열린 문 뒤로 나타난 찰스가 놀란 표정으로 물었다.

"너희들 아직 여기 있었니?"

서지가 잠에서 덜 깬 채로 얼굴을 들었고, 정빈이 보고 있던 휴대폰 화면이 꺼졌다. 어둠과 조명이 뒤섞인 공간에서 찰스가 서둘러 말했다.

"이제 가, 어서."

"네? 그냥 가요?"

엎드린 상태에서 고개만 추켜든 서지가 물었다.

"어, 가고…… 다음 주 목요일, 아니 금요일에 다시 와."

서지와 내가 당황스러운 눈빛을 교환하는 동안 정빈은 고개를 푹 숙이고 있었다. 우리가 우물쭈물하며 앉아 있자 찰스가 힘껏 소리를 질렀다.

"가라니까? 안 가고 거기 앉아서 뭐 해. 어서어서. 나 바쁜 사람이야."

문밖으로 쫓겨나듯 나왔을 때는 저녁 6시 무렵이었다. 이 길로 온 것이 분명했는데, 올 때와는 다르게 거리는 화려하고 분주했다. 세상에 내동댕이쳐진 것 같은 낯설고 이상한 기분이 들었다.

고개를 돌려 보니 한 명이 없었다.

"야, 어디 가!"

서지가 소리를 팩 질렀다. 움찔한 정빈이 뒤를 돌아보더니 자기가 가던 쪽을 가리켰다.

"쟨 왜 저렇게 사회성이 없어."

서지가 인상을 구기며 말하더니 손을 내저으며 그래 가, 가, 하고 외쳤다. 이쪽으로 걸어오던 정빈이 어색하게 뒤돌아 다시 가던 길로 향했다.

"넌 어디로 가?"

서지가 물었다.

"집으로 가야지."

"어떻게 가는데?"

"지하철 타고 가다가 군자역에서 내려."

"나랑 같은 곳에서 내리네. 거기 근처에서 마라탕 먹고 가지 않을래?"

서지가 활짝 웃었다. 어쩌면 저렇게 웃음을 잽싸게 지을까.

지하철을 타고 가는 동안 주로 말하는 쪽은 서지였다. 묻는 쪽도, 물어 놓고 자기 말만 계속하는 쪽도 서지였다. 나는 처음에는 그래? 아, 그렇구나, 하며 추임새를 넣다가도 시간이 얼마간 지나자 조금은 지쳐 말없이 고개를 끄덕이기만 했다.

"여기 앉아."

앞에 앉아 있던 아주머니가 일어나자 서지가 자리를 권했다. 사양했지만 서지는 막무가내였다.

"난 원래 자리에 잘 안 앉아. 네가 앉아."

나는 거듭 마다하며 서지와 실랑이를 벌였는데, 멀리 서 있던 한 중년 아저씨가 성큼성큼 걸어와서는 자리에 앉아 버렸다.

"앗!"

서지가 앞에 앉은 아저씨를 곁눈질하며 내 팔을 잡았다. 서지가 내지른 탄성 때문에 사람들의 시선이 우리를 향했다. 나는 서지의 어깨와 허리를 양손으로 밀어내며 문 쪽으로 향했다.

"야, 너 얼굴 왜 이렇게 빨개."

서지가 큰 소리로 말을 해서 얼굴이 더 화끈해지는 것 같았고, 사람들이 모두 나를 바라보는 것 같았다.

"너 은근히 힘세다, 권제주."

여전히 놀리듯 서지가 말했다. 서지에게서 처음 불리는 내 이름이었다. 어쩐지 오래전부터 알고 지낸 것처럼 익숙하다. 앞으로도 오래 그 목소리로 불리면 좋겠다는 바람이 뒤섞인다.

지하철이 지하에서 지상으로 빠져나왔다. 서지와 내가 동시에 밖을 바라보았다. 어둑해진 하늘 밑으로 강변 건물들의 불빛이 번진다. 저 건물들의 주인이 누굴까 문득 궁금해진다. 내 주위에 저런 건물의 주인이 있을 것 같진 않다. 부자는 따로 있는 법이니까.

"너 부자야?"

뜬금없는 내 말에 서지가 눈을 깜박인다. 서지의 눈동자에는 도시의 불빛이 잠겨 있다. 너 눈 되게 크다. 속으로 그 말을 건넨다.

"되고 싶어, 부자. 넌?"

"난 가난뱅이지."

"우리 둘 다 부자가 아닌 건 확실하네?"

서지가 간지러운 웃음소리를 낸다.

"진짜 부자가 뭔지 알아?"

서지가 묻는다.

"뭔데?"

"가진 게 많다고 생각하는 사람이 진짜 부자야."

"그래? 넌 가진 게 많다고 생각해?"

"응, 그렇다고 생각해. 넌?"

가진 게 많다고 생각하는 건 무엇일까. 이만큼이면 됐다고 여기는 건지, 아니면 정말로 가진 게 많은 건지.

"난 별로."

"그럼 가진 게 많다고 생각해 봐, 지금부터."

서지가 충고하듯 말했다.

"그럼 부자가 돼?"

"응, 엄청난 부자가 되지."

지하철이 다시 지상에서 지하로 들어갔다. 어둑한 차창에 비치는 내 모습을 보면서 그런 식이라면 나는 결코 부자가 될 수 없을 거라고 생각했다. 가진 게 많다고 생각하는 건 내게 불가능에 가까운 일이니까.

서지는 그때 차갑게 식어 버린 내 표정을 읽었을까.

"그냥 찰스라고 불러."

두 번째로 스튜디오에 찾아갔을 때, 찰스는 자신을 사장님이라 하지 말고 찰스라고 부르라고 했다. 나와 정빈은 찰스를 멀뚱멀뚱 바라보았고, 속에 있는 말은 못 참는 서지가 슬쩍 떠보듯 웃으며 말했다.

"에이, 어떻게 그래요."

"아이, 나 그런 거에 구애받는 사람 아냐. 난 기본적으로 인간관계는 완전히 평등해야 한다고 생각해. 바다도 그렇잖아."

그를 만나고 알아 갈수록 무척 수다스러운 사람이라는 생각이 들었다.

"작은 강의 줄기들이 한데 모여 바다로 흘러들잖아. 거대한 바다로. 그렇다고 강이 기죽어 있니?"

안 그래? 하는 표정으로 찰스가 눈썹을 추켜올렸다. 서지만 고개를 끄덕였다.

"암튼 다 똑같아. 강이든, 시냇물이든, 바다든 어딘가로 흐른다는 건 동일하단 말이야. 우리도 그래. 어딘가로 흐르는 거야. 평등하게, 같은 높이로. 그러니까 사장님이라 하지 말고, 이름을 불러. 찰스라고."

그때 찰스의 눈빛에 든 생기를 이후 나는 한동안 발견하지 못했다. 찰스는 감정 기복이 심한 사람이었다. 평소엔 뭔가에 취해 있는 것처럼 산만하게 행동하다가 어쩌다 한 번쯤 온전한 상태로 돌아와 진지한 눈빛으로 말을 건네고는 했다.

우리가 스튜디오를 한 달쯤 다녔을 때 경황없고 어수선하기만 한 찰스의 모습은 그대로였다. 볼 때마다 입고 있던 철 지난 리넨 셔츠는 어쩐지 점점 투명해지고 얇아지는 듯했다.

찰스가 구인 공고로 내걸었던 알바 조건대로 우리가 뭔가를 해서 돈을 버는 일은 없었다. 우리가 맡는 일은 없었고, 잡지사 직원들이 소품을 늘어놓고 제품 패키지 촬영을 하는 걸 몇 번 본 게 그나마 이벤트라면 이벤트였다.

그즈음 이곳을 방문하는 일이 사실은 아무 의미가 없음을 우리는 조금씩 알게 됐다. 재능으로 돈을 벌 수 있을 것이란 기대는 사라지고, 무의미한 시간만 더디게 쌓여 갔다.

찰스에게서 전화가 온 것은 스튜디오에서 진행된 화보 촬영을 서지, 정빈과 함께 무료하게 바라보다가 말없이 집으로 돌아온 날로부터 한 주가 지나서였다.

"미안한데, 제주야."

다급하게 말하는 그에게서 뭔가 불길한 느낌이 들었다.

"내가 급하게 돈이 좀 소액으로 필요한데, 빌려줄 수 있니?"

예상치 못한 부탁이었다.

"금방 돌려줄게."

오십만 원을 빌려 달라는 말에 나는 없다는 얘기는 바로 못 하고 급히 필요하신 거예요? 하며 말을 돌렸다.

"응, 정말 급해. 내가 돈을 어디다 넣어 놓고 지금 못 빼는 사정이라 그래."

"저, 빈털터리인데요."

나는 이어 죄송해요,라고 말했는데, 정말 어떻게 안 되겠니? 하고 찰스가 다시 물었다. 나는 마지못해 이십만 원은 안 돼요? 하고 미안해하며 되물었다.

"오케이. 어쩔 수 없지."

미안한 마음은 왜 내 몫이었을까.

"곧 일이 잡힐 거야. 그러니까 평소에 틈틈이 거울 보면서 표정 연습해 둬. 요즘엔 노래만 잘한다고 해서 되는 건 아닌 거, 잘 알지?"

"네."

나는 마지못해 대답했다.

"계좌는 문자로 보내 줄게. 바로 좀 부탁해."

그때 나는 아빠 생각을 했다. 고등학생에게 돈을 빌리는 어른이 아빠 말고도 더 있다는 생각이 낭패처럼 찾아들었다.

#

찰스는 한 달이 넘도록 돈을 갚지 않았고 일도 잡아 주지 않았다. 그런데도 나는 왜 찰스의 스튜디오에 갔을까. 그곳은 말하자면 우리만의 비밀 공간이었다. 누구의 눈치도 보지 않고 마음껏 얘기하며 노래할 수 있는 공간. 내가 노래를 흥얼거리면 서지는 조금 더 큰 목소리로 들려 달라며 용기를 북돋아 주었다. 서지는 재주가 보통이 아니어서 스튜디오 무대 위에서 춤과 노래를 함께 선보이곤 했다. 수줍음이 많은 정빈은 그저 구석에서 우리가 하는 것들을 바라만 보았다.

하지만 그마저도 앞으로는 할 수 없게 될 것이었다. 이제는 정말 돈을 벌 수 있는 일을 시작해야 했으니까. 스튜디오에 나가는 횟수를 차츰 줄여야겠다고 다짐할 즈음 찰스가 서지와 정빈에게도 돈을 빌렸다는 사실을 알게 됐다.

"백만 원?"

서지가 고개를 끄덕였다.

"너 진짜 부자구나?"

"부자는. 엄마 몰래 학원비 빼서 준 거야."

엄마는 돈이 있구나. 머릿속에 든 생각은 그것뿐이었다.

"너는?"

나는 정빈을 향해 물었다.

"뭘."

정빈은 항상 모든 일에 무심해서 정확히 무엇을 말하는지를 짚어 줘야 했다.

"찰스한테 돈 빌려줬다며. 얼마 빌려줬냐고."

성질 급한 서지가 몰아세우듯 물었다.

"오만 원."

"그것도 빌려 달래?"

정빈이 고개를 끄덕이자 서지가 이거 아주 안 되겠구먼, 하고는 두 손을 교복 주머니에 꽂아 넣었다.

"오늘 찰스 만나면 좀 따지자."

서지의 눈이 그믐달처럼 얇고 날카로워졌다. 서지는 화를 잔뜩 응축시키는 것처럼 어깨를 좁히고, 웬만해서는 가만두지 못하던 양손에도 힘을 주어 허리춤에 고정했다. 정빈은 늘 그렇듯 무심하게 땅 어딘가를 내려다보며 가만히 서 있었다.

찰스가 스튜디오로 돌아왔지만 서지는 따지지 않았다.

서지는 자신을 모델로 하는 잡지사 촬영 일정이 잡혔다는 찰스의 말에 경직된 표정이 한 번에 풀렸다. 오히려 은근한 기대감을 숨기지 못했고, 이것저것 궁금한 것들이 샘솟기 시작했는지 찰스의 뒤를 따라다니며 말을 걸었다. 찰스가 오기 전 우리가 얘기하자고 했던 것들은 설렘으로 뒤덮여 잊은 모양이었다.

나는 우두커니 서 있는 정빈이 어쩐지 보기가 싫어 분장실 안으로 들어가 버렸다. 자기만 생각하고 새침하며 때에 따라 표정이 바뀌는 서지도 싫었지만, 자신은 아무것에도 감정적 동요를 느끼지 않는다는 듯이 태평하게 가만히 있기만 하는 정빈은 더 싫었다.

누군가 문을 열려고 했고, 나는 문을 잠갔다. 문을 열려는 사람이 정빈이라는 사실은 보지 않고도 알 수 있었다. 소심하게 아주 약간만 힘을 주어 문을 열어 보려고 했으니까.

나도, 정빈도 결국 찰스에게 돈을 언제 돌려줄 수 있는지 물어보지 못했다. 서지처럼 찰스가 일을 잡아 주기를 기다리는 수밖에 없었다.

그렇게 무의미한 시간이 흘렀고, 딱히 일이 들어오지도 않았다. 시간을 그저 흘려보냈다는 후회와 무책임하게 스스로를 방관했다는 죄책감이 가슴 깊이 헤집고 들어왔다.

제주야,

돈 좀 있니?

가끔 그런 꿈을 꿨다.

목소리의 주인은 아빠가 되었다가 찰스가 되었다가 선생님이 되었다가 알지 못하는 어른이 되었다가 때로는 정빈이 되기도 했다.

아빠에게서는 연락이 없었고, 나는 더 이상 찰스의 스튜디오에 나가지 않았다.

꿈에서 나는 항상 이렇게 대답했던 것 같다.

잃었어, 그거.

3

반지하 음악실 한쪽 벽 위에는 작은 창들이 일렬로 나열되어 있었다. 반쯤 쌓인 흙더미와 바람에 비슬거리는 풀잎들이 창밖으로 한눈에 보였다. 가끔 비가 오면 흙더미들이 불규칙적으로 주저앉거나 웅덩이가 움푹 파이곤 했다.

음악실에는 연단 위 그랜드 피아노를 중심으로 양쪽에 책상과 의자가 사선으로 배열되어 있었으며, 그곳에 각자 파트별로 앉았다. 연습은 주로 수요일 동아리 활동 시간과 방과 후에 이뤄졌는데, 연습을 이끄는 사람은 합창부 단장인 재현이었다. 재현은 꼼꼼하고 성실하게 한 명 한 명의 음을 들어 주고 교정해 주는 친절한 리더이기는 했지만, 긴장감이 없어서 단원들은 대체로 심심하게 연습 시간을 견뎌 내는 편이었다.

그러다 선생님이 나타나 지휘봉을 들면 재현이 연습시킬 때와는 정반대의 상황이 펼쳐졌다. 산만히 움직이던 단원들이 재빨리 자기 자리를 찾아 돌아가고, 몸을 직각으로 일으켜 의자에 앉았다.

연습 시간에는 음악적 완성도를 향한 선생님의 집착이 강해 계속 주의를 기울이지 않으면 안 되었다. 제대로 된 소리가 나오지 않으면 연습을 하긴 한 거냐면서 재현이 탓을 하기도 해, 단원들을 바짝 긴장시키고는 했다. 음을 틀리게 내는 사람을 용케도 집어내 세워 놓고 혼자 몇 번씩 부르게 하는 건 흔한 일이었다. 단원들을 지휘할 때의 선생님에게는 긴장을 풀 수 없게 만드는 압도적인 카리스마가 있었다. 역동적이고 절도 있는 지휘로 소리를 모아 조율하는 선생님의 모습에서 단원들은 한시도 눈을 떼지 않았다. 저마다의 소리가 하나의 화음으로 합쳐지는 희열과 성취를 다들 느끼고 싶어 하는 표정이었다.

"플랫."

내 기억으로는 연습 시간에 선생님이 나에게 처음으로 말을 건 순간이었다. 선생님의 지휘봉이 앞줄에 앉아 있는 단원들 사이를 뚫고 내게 향했다.

"너니?"

어리둥절한 내게 선생님이 "반음 떨어뜨린 애가 너냐고."라고 말했다.

"반음요?"

"너 코인 노래방 다니지?"

선생님이 뻔하다는 표정으로 물었다.

"안 다니는데요."

"근데 음정이 왜 그래."

나는 선생님의 날카로운 시선과 질문 앞에서 어쩌지 못하다가

"죄송합니다." 하며 꾸벅 고개를 숙였다.

"너 새로 들어온 애지?"

선생님이 나를 기억하지 못하나 싶어 당황스러웠고, 다른 단원들 앞에서 부끄러웠다.

"여기 그냥 노래방 다니는 애들이 취미로 들어오는 데 아니야. 요즘 애들은 겉멋만 들어 가지곤."

선생님이 혀를 차며 중얼거렸다.

"너, 다시 한번 불러 봐."

시종일관 '너'라고 했다, 선생님은.

"너 음정이 왜 그러니?"

연습하던 소절을 채 다 부르기도 전에 선생님의 날카로운 음성이 귓가로 날아들어 심장을 두드린다. 얼른 죄송하다고 해야 하나.

"거기 악보에 보이는 대로 해. 괜히 기교 부리지 말고."

양손에 든 악보를 본다. 음표가 있고, 박자표도 있다. 자세히 보려 하면 할수록 기호들은 사라지고 새하얀 백지만 남는다. 그게 어쩐지 공포스러워 몸에서 열이 나고 떨린다.

"쟤 왜 저러니?"

선생님의 목소리가 들리고, 단원들의 시선이 내게로 쏠리는 게 느껴진다.

"어디 좀 아픈가 본데?"

선생님이 내 쪽으로 다가오며 중얼거렸다. 정전기가 머릿속을 파고든 것처럼 따갑고 시야가 흔들렸다.

"누구 좀 애 보건실에 데려다줘라."

"제가 할게요!"

누가 옆에서 팔을 붙들었다. 재현이었다.

"그래그래, 재현이가 좀."

재현의 이름을 말하는 선생님의 음성은 친절하고 부드럽게 느껴졌다. 선생님이 나를 부르는 호칭은 딱 세 가지였다. 너, 재, 애.

재현과 음악실을 나서는데 뒤에서 "허, 참." 하며 기막혀하는 선생님의 목소리가 따라 들려왔다.

"괜찮아?"

집으로 가는 길, 재현이 옆에서 나란히 걸으며 물었다.

나는 고개를 끄덕이며 "가끔 그래." 하고 말했다.

"가끔?"

"응, 그냥 얼어 버려."

"그럴 땐 말이야, 이렇게 해 봐."

재현이 멈춰 서더니 허공 위에 손바닥을 폈다. 손가락 사이로 빛이 영사되듯 쏟아지는 찰나, 재현이 가운뎃손가락을 검지손가락 뒤로 옮겨 감았다. 재현이 꽈배기처럼 꼰 손가락을 내게 내밀었다.

"그게 뭔데?"

"옆에서 본 꼬깔콘 과자 모양. 너도 한번 해 봐."

내가 엉성하게 서 있자 재현이 옆으로 다가와 손을 잡았다. 따뜻한 기운과 부드러운 감촉이 내 손을 쓸더니 어느새 손가락이 감겨 있었다.

"그래, 그렇게."

재현은 만족스러운 웃음을 지어 보이며 자신도 손가락을 감아 들었다.

"또 얼어붙으면, 손가락으로 꼬깔콘을 만든 다음 외쳐."

"뭐라고?"

"빠져나가!"

재현의 외침을 듣고 나도 모르게 피식 웃음이 났다.

"왜 웃어? 한번 해 봐. 주문을 외우는 것처럼."

"나중에."

쑥스러운 마음에 나는 감은 손가락을 풀었다. 아쉽다는 듯 재현이 뭐라 중얼거렸다. 우리는 다시 걷기 시작했고, 재현과 나는 한동안 말이 없다가 내가 먼저 입을 뗐다.

"선생님은 원래 좀 그러셔?"

"응, 원래 그래. 그러니까 상처받지 않았으면 좋겠어."

"안 받아."

그렇게 대답한 뒤 재현을 바라봤다. 재현의 얼굴 너머로, 자줏빛으로 퍼진 넓은 해가 산허리로 넘어가고 있었다.

"다행이야."

재현이 말하며 웃음을 머금었다. 저녁 햇빛에 재현의 얼굴이 창백하게 도드라졌다. 희고 차가운 재현의 얼굴.

"여기도 똑같아. 순수하게 노래가 좋아서 모인 것 같지만…… 입시로부터 자유로울 수는 없지."

"그렇겠지."

애써 외면하던 진실을 알게 된 것처럼 나는 힘없이 대꾸했다.

"물론 음악에 관심 있어서 들어온 친구들도 있긴 하지만, 인기 있는 교과 동아리에 가고 싶은데 떨어져서 마지못해 가입한 애들도 많아. 선생님이 생기부를 성심껏 잘 써 준다는 얘기를 듣고 온 사람도 꽤 있고."

"그래?"

"응, 선생님 입장에서는 스트레스가 많겠지. 애들 입시 때문에 음악적인 건 아무래도 포기해야 할 때도 있을 테니까."

걷잡을 수 없이 마음이 처졌다. 미래를 생각하면 항상 육중하고 검은 가림막이 나를 향해 밀려드는 것 같았다.

"그런데 또 음대 생각하는 애들은 달라."

"어떻게?"

"선생님한테서 정보를 많이 얻고 싶어 하지. 레슨 강사도 소개받고 싶어 하고. 선생님이 다녔던 학교에 다들 가고 싶어 하니까. 그래서 되게 열정적이야."

재현이 갈림길에서 발걸음을 멈추고는 나를 돌아봤다. 재현과 같이 걸어올 때면 늘 여기쯤에서 헤어졌었다. 재현의 집은 오른쪽 동네에 있었고, 내가 살고 있는 집은 왼쪽 언덕으로 올라가야 했다.

"여기서도 다들 경쟁을 하고 있는 거야. 학종을 노리든, 음대 진학을 원하든. 선생님한테 어떻게든 인정받고 잘 보이려고 하지. 선생님의 평가가 입시로 연결되니까."

나는 내가 올라야 할 길을 한 번 쳐다보고는 재현의 집 방향을 가리켰다.

"저쪽으로 가지? 오늘 고마웠어."

"제주야, 선생님이 조금 서운하게 말해도 신경 쓰지 마. 예전에 비해 합창부 규모가 많이 줄어서 선생님도 상실감이 큰가 봐. 마음 대로 잘 안 되니까 그러는 거라고 생각해."

"알겠어. 고마워. 너무 애쓰지 않아 줘도 돼."

나는 재현의 동네를 말없이 바라보았다. 높은 담으로 경계를 구분한 집들이 성채처럼 배열되어 있었다. 재현의 동네에서 눈을 돌려 내게 익숙한 언덕길을 올려다보며 물었다.

"너도 음대…… 성악 같은 거 전공하려는 거야?"

"성악은 아니고…… 작곡."

"그렇구나."

왠지 모를 열패감에 휩싸인 나는 더는 묻지 않았다. 합창부에서 친구들과 함께 노래를 부르며 느끼는 동질감, 외로이 떠돌지 않고 어느 한곳에 머물 수 있다는 안착감. 그런 것들을 바라던 나의 마음 이 얼마나 순진했는지를 알게 되는 순간이었다.

4

오랜만에 찰스에게서 전화가 왔다.

나는 받을까 망설였다. 통화 버튼을 누르자마자 후회했는데, 그가 내게 또다시 무언가를 부탁할 것만 같은 불길한 예감이 들어서였다.

"잘 지냈어, 제주?"

평소보다 한 옥타브 높은 쾌활한 목소리였다.

"못 지낼 건 없죠."

서운한 감정을 굳이 숨기지 않은 채 말했다.

"우리 제주, 항상 이 찰스가 걱정해. 알지?"

"용건이나 말하세요."

기대가 되지 않는 부류의 어른이 있다. 그런 류의 어른에게는 감정을 솔직히 드러내도 된다고 생각한다. 하지만 그럼에도 조금은 미안한 마음이 들었다. 다음부터는 전화를 아예 받지 말아야겠다고 나는 다짐한다.

"서지가 그러는데, 너 노래 엄청 잘한다며."

"⋯⋯."

찰스 앞에서는 노래를 한 적이 없다. 노래로 돈을 벌 수 있을까, 생각하고 찾아갔었음에도. 분장실 안쪽에 서서 서지와 정빈 앞에서만 나지막하게 불렀던 노래들.

"제주야."

찰스가 어색하게 친한 척을 한다.

"너, 오디션 프로그램 한번 나가 보는 거 어때?"

"싫은데요."

나는 단호하게 잘라 말했다. 오디션에 큰 관심이 없기도 했고, 무엇보다 찰스가 뭘 제안하는 게 미덥지가 않았다.

"제주야, 기회가 있으면 나가야지. 뭔지도 모르는데 바로 싫다고 하면 어떡해."

"돈이나 갚아요."

"미안. 내가 안 갚고 싶어서 안 갚는 게 아니야. 너도 알잖아, 내가 좀 왔다 갔다 하는 거. 이것저것 뭘 많이 하느라 돈 빌린 걸 잠깐 잊어 먹고 그래. 내 천성이 일을 벌이기 좋아하고, 또 내가 워낙 낙천적이잖아."

"⋯⋯."

"미안하게 됐어, 제주야. 근데⋯⋯ 그 대신 오디션 프로그램에 너 내가 꼭 넣어 줄게."

또 오디션 얘기. 나의 뜻과 상관없는 그의 욕심처럼 들릴 뿐이어서 진절머리가 났다. 찰스와 오랜만에 통화하면서 유일하게 확신

할 수 있었던 건 그가 여전히 신뢰할 수 없는 사람이라는 사실이었다.

"그걸로 이십만 원 퉁치고……"

찰스가 더 뭐라고 하기 전에 전화를 끊었다. 그 자리에 서서 휴대폰 쥔 손을 내려뜨린 채 고개를 들어 눈앞의 사거리를 바라봤다. 신호등 건너 오른쪽에는 큰 쇼핑몰과 음식점, 카페가 한데 어우러져 있었다. 사거리를 기준으로 왼쪽은 오른쪽보다 어두웠고, 오른쪽은 찬란하게 밝았다. 내가 사는 곳은 왼쪽으로 가야 나왔고 뭔가를 사거나 즐기기 위해서는 오른쪽 동네로 가야 했는데, 오른쪽으로 갈 일은 거의 없었다.

선택의 가능성이 내게서 점점 더 멀어지고 있는 것 같았다. 먼 미래에도 내가 오른쪽 동네로 갈 일은 없을 것이다. 지금보다 괜찮은 미래는 내가 가질 만한 것이 아니었다.

메시지 알림음이 울려 잠에서 깼다. 아빠였다.

—돈 보냈어. 백오십.

휴대폰을 얼굴 쪽으로 바짝 가져다 댔다.

—어디서 났어?

—대전료에서 좀 뺐어.

—또 싸워?

—싸우는 게 아니라 마주하는 거야.

—뭐랑.

—더 강한 상대랑.

아빠는 말문을 막히게 하는 데 이골이 난 사람이었다. 철이 없는 걸까, 자기 위주로만 살아와서 그런 걸까. 하지만 이제는 아빠를 원 망하지 않는다. 단지 그런 사람일 뿐이라고 생각하니까.

─그럼 나 알바 좀 나중에 시작할까.

아빠는 대답이 없다. 백오십만 원을 받자마자 알바를 미루겠다고 하는 게 아빠는 탐탁지 않은 걸까.

아빠 이름으로 세를 들어 사는 곳에 아빠는 없다. 체육관에 사는 아빠는 가까이 있으니까 언제든 오겠다고 했었다.

"아니면 네가 체육관으로 와."

아빠가 그렇게 말했지만 체육관에 가 본 적은 없다. 그저 그런 빈 말을 주고받는 생활에 익숙해졌다. 아빠는 주기적으로 돈을 보내고, 가끔 내게 돈이 있는지 묻는다.

어쩌면 아빠는 돈을 보내는 것만으로 자신이 아빠 역할을 다하고 있다고 생각할지도 모르겠다. 그러나 돈은 자주 끊겼다. 다행히 이번에는 돈이 생겼고, 삼 개월 정도는 괜찮겠다고 생각되자 다시 잠이 몰려왔다. 하지만 새벽 6시. 곧 학교에 가기 위해 일어날 시간 이었다.

5

합창부의 경쟁 상대는 다른 학교 합창부가 아니었다. 다른 동아리나 단체도 아니었다.

그저 한 학생이었다.

한 학생이 합창부의 경쟁 상대가 되어 버린 건 음악 선생님의 의지와는 무관한 일이었다. 선생님은 이계영이라는 그 학생의 이름이 자기 앞에서 언급되는 것을 무척 불편해했다. 그 이름은 합창부의 존재만큼이나 학교에서는 큰 의미였으므로.

이계영은 같은 재단의 중학교에서부터 이미 유명한 학생이었다. 성악에 뛰어난 재능을 지닌 영재로 다큐멘터리 방송에 출연하면서 사람들에게 알려졌다. 이계영의 성악 재능을 일찍 발견한 사람으로 방송에 등장한 교장 선생님도 덩달아 유명해졌다. 교장 선생님이 이계영을 찾아가 격려하는 방송 장면은 학교 행사가 있을 때마다 교실 스크린에 비쳤다.

고등학교로 진학한 이계영은 뜻밖에도 합창부에 들어가지 않겠다고 선언했다. 담임 선생님은 물론 여러 선생님들이 기회가 있을 때마다 이계영에게 합창부 활동을 권유했지만, 이계영은 무슨 까닭인지 합창부에 가입하지 않았다.

그래도 음악 선생님과 합창부 입장에서는 굳이 들어오지 않겠다는 이계영이 아쉽긴 해도 모른 척 털어 내고 나면 그만일 수도 있었다. 하지만 같은 재단 중학교의 교장 선생님이 올해 고등학교 교장 자리로 옮겨 오게 되면서 관계가 꼬이고 말았다. 이계영의 다큐 방송에 출연한 바로 그 교장 선생님이었다. 그의 취임 이후 합창부와 이계영의 역할이 종종 겹치면서 충돌이 벌어졌다. 합창부가 서야 할 자리에 이계영이 홀로 서서 노래를 부르는 일이 생겼고, 평상시 합창부가 나가고는 했던 대외 행사에도 이계영이 대신 대표로 나섰다.

이계영을 두고 음악 선생님과 교장 선생님 사이의 갈등이 본격화된 건 부활절 기념 예배에서였다. 학교 기념관에서 열리는 부활절 기념 예배는 송년 예배와 더불어 학교에서 가장 중요하게 생각하는 행사였다. 그래서 합창부도 평소와는 다른 규모의 성가를 준비하곤 했다.

교장 선생님은 이계영이 부활절 예배 때 특송을 하면 어떻겠냐고 음악 선생님에게 권유했다. 음악 선생님은 이계영이 합창부 단원이 아니라서 어렵겠다고 완곡하게 거절했고, 이에 교장 선생님은 원래 하기로 했던 음악실 확충 공사를 재고하기로 했다. 그즈음 학생들 사이에서 교장 선생님과 학교운영위원회 위원장인 이계영 어머니의 관계가 돈독하다는 소문이 퍼졌다. 교장 선생님이 이계영의 천재적인 재능만 보고 밀어주는 것은 아니라는 얘기도 돌았다.

　이계영을 두고 교장 선생님과 음악 선생님 사이의 감정적 골이 깊어졌다는 것은 누구도 부정할 수 없는 사실이 돼 버렸다. 상황이 이쯤 되자 결국 음악 선생님이 대안을 내놓았는데, 이계영에게 합창부 단복을 입힌 다음 특송을 하게 하자는 것이었다.

　이계영이 부활절 특송을 위해 성가대석에서 혼자 일어섰을 때 합창부 단원들은 그대로 앉아 있었다. 음악 선생님은 애써 이계영을 외면하며 경직된 표정으로 연신 머리를 옆으로 넘겼고, 단원들은 시위를 하듯 저마다 표정과 몸짓으로 무관심을 드러냈다. 단원이 아닌 다른 누군가가 합창부를 대신해 노래하는 모습을 그저 지켜봐야 한다는 건 쏠쏠한 일이었다. 선생님과 단원들은 참혹한 자괴감을 곱씹으며 이계영의 특송을 끝까지 들어야 했다.

6

화면이 깨진 휴대폰을 들어 서지에게 전화를 걸었으나 받지 않았다. 찰스에게 연락을 해 봐야겠다는 생각이 머릿속을 떠나지 않았지만, 선뜻 내키지 않았다. 다른 선택지가 없어 결국 정빈에게 메시지를 보냈다.

―있어?

―뭐가.

곧 답장이 왔다.

―잘 있냐고.

―못 있을 건 뭐임.

―학교는 잘 다녀?

―그만뒀어, 학교.

정빈의 메시지를 보고 나는 문자판에서 손을 뗐다. 안부처럼 물은 말이었는데, 그런 일이 있었을 줄은 몰랐다. 심지어 이렇게 담담하게 얘기하리라고는 더더욱 몰랐다.

—정말? 잘했어. 소원 성취 했네.

마음과 다르게 잘했다고 메시지를 보냈다.

—넌 어디?

정빈은 별 반응 없이 다른 말을 한다.

—집. 넌?

—나도 집. 몰래 폰 하는 중.

—볼까?

—좋아.

오랜만에 정빈을 밤늦게 카페에서 보게 됐다. 평소 연락을 자주 한 건 아니어서 막상 만나니 어색함이 감돌았다. 서먹한 분위기를 깨려 말없이 앉아 있는 정빈을 향해 먼저 물었다.

"너, 나와도 되는 거였어?"

"공부하러 간다고 하면 돼."

"학교 그만두고 공부한다고? 검정고시?"

"아니, 영어. 엄마가 미국으로 가서 편입하라고 해서."

정빈은 내내 표정 변화가 없다.

"그래서 미국 가? 언제?"

"안 가. 그냥 공부만 하는 거야."

"뭐야? 무슨 소리 하는 거야, 너."

"미국 가라는 건 엄마 말일 뿐이야. 나는 그냥 공부만 하는 거고."

"나한테 너 같은 아들 있으면 답답해서 미쳐 버릴 것 같아."

정빈이 피식 웃었다. 그 웃음이 번지듯 내 표정으로 옮겨 왔다. 입가의 근육이 이완되는 게 느껴질 만큼 오랜만에 지은 웃음이었다.

"그럼 공부를 어디서 하는데? 학원?"

"아니, 과외."

"과외?"

"응, 너도 아는 사람한테 받아."

"누군데?"

"찰스."

"뭐? 사기꾼이잖아."

"아냐."

"아니긴 뭐가 아냐. 찰스가 네 돈 갚았어? 너 또 돈 뜯긴 거 아냐?"

"글쎄, 아니라니까."

무안한 표정으로 정빈이 받아쳤다.

"나만 빼고 다들 찰스하고 연락했던 거야? 그 사기꾼하고?"

"오해하지 마. 찰스도 나름 불쌍한 사람이야."

"동정까지 하냐?"

은근히 부아가 치밀었다. 정빈이 내 감정을 읽었는지 시선을 피해 고개를 푹 숙였다. 미국 유학을 보내 줄 수 있을 정도로 잘사는 집의 아들인 그에게 돈 오만 원쯤은 아무것도 아닐지 몰랐다. 한 박자 느린 정빈의 감각과 무심함이 문득 떠올랐고, 그런 그를 조금이라도 걱정했다는 게 새삼 억울하기까지 했다. 찰스에게 쏟아 내지 못한 화 때문에 내가 곪아 간다는 걸 정빈은 알까 싶었다.

"찰스는 서지한테 배신당했거든."

정빈이 의외의 말을 꺼냈다.

"무슨 배신을 당해?"

"찰스가 서지 매니저 했었어."

그랬구나. 나는 마음속으로 중얼거렸다. 찰스를 싫어하면서도 서지를 향해서는 왜 질투심이 이는지 모르겠다.

"그런데?"

"서지가 다른 기획사로 가 버렸대. 더 크고 유명한 데로."

그때 알았다. 그 질투의 정체를. 내가 갖지 못하는 어떤 것을 서지가 쉽게 차지해 버린 느낌이었다.

"나름 서지한테 투자를 많이 했다던데. 그러느라 빚을 좀 졌나봐. 그래서 일이 필요하대."

"과외가 그렇게 시작된 거야? 찰스 부탁으로?"

"맞아."

"찰스가 영어도 해?"

정빈이 무구한 표정으로 고개를 절레절레 흔든다.

"그럼 찰스한테 뭘 배우길래 과외를 한다고 해?"

"패션 디자인."

"응? 영어 과외라며!"

"과외라고 했지, 영어 과외라고는 안 했는데?"

정빈은 알면 알수록 이해할 수가 없었다. 왜 하필 그런 사기꾼한테 패션 디자인을 배운다고 하는 걸까?

"근데 왜 보자고 한 건데, 오늘?"

"그냥."

"그냥이 어딨어."

"너네 집, 잘살아?"

정빈에게 무심히 물었다.

"그런 건 왜 물어. 잘사는 것 같아?"

"돈 걱정은 안 하는 것 같아서."

정빈이 몸을 깊게 소파에 파묻고는 시선을 다른 곳으로 돌린다. 그러고 한동안 말이 없더니 뜬금없는 얘기를 꺼낸다.

"시골 쥐와 도시 쥐 이야기 알아?"

"동화잖아."

"시골 쥐가 맛있는 음식을 먹는 도시 쥐를 엄청 부러워하거든. 그런데 막상 도시 쥐 집에 가 보니까 먹을 건 많은데 고양이가 자꾸 들어와서 숨느라 되게 바쁜 거야. 화려하고 먹을 건 많아도 마음 편할 새가 없는 걸 보고 시골 쥐가 떠나잖아. 먹을 건 별로 없고 하찮아도 마음 편한 시골 자기 집으로."

정빈이 나를 빤히 쳐다본다.

"거기 나온 도시 쥐가 바로 딱 내 모습이야."

제법 단호하게 말하는 정빈을 보고 나는 딱히 할 말을 찾지 못한다. 그 대신 초등학생 시절 아빠가 내게 했던 말을 떠올린다.

"우리 집 수준은 상중하 중에서 '하'라고 보면 돼."

다른 애들은 다 가지고 있는 휴대폰 하나 못 사 주냐고 투정하는 내게 아빠는 우격다짐으로 쏘아붙였다. 상중하 중에서 하에 속할 정도로 우리 집이 가난한가 싶었다.

"그래도 잘사는 부잣집의 도시 쥐가 한번 돼 봤으면 좋겠다."

나는 지루하다는 듯 두 팔을 쭉 뻗어 기지개를 켰다. 은빛으로 은은하게 코팅된 천장 거울 속에 웃지 않는 내가 보였다.

"혹시, 부탁 하나 들어줄 수 있어?"

"뭔데."

정빈이 몸을 곧추세운다.

"찰스한테 연락 좀 해 줘."

"직접 하면 되잖아."

"마음에 걸리는 일도 있고, 별로 목소리 듣고 싶지도 않아."

"그런데 왜 굳이 연락을 하려고? 마음이 불편한데."

"돈이 필요해서."

"돈?"

"그래, 찰스가 나한테 빌려 간 돈 이십만 원."

결국 이 얘기를 꺼내 버렸다. 이게 다 돈 때문이다.

"갚으라고 얘기해 주면 돼?"

"아니, 찰스가 이십만 원 주는 대신 다른 걸 해 준다고 했거든."

"그게 뭔데?"

정빈이 몸을 앞으로 내밀며 물었다. 나는 몹시 궁금해하는 표정의 정빈을 잠시 바라보다가 입을 열었다.

"오디션 프로그램. 거기 나 넣어 줄 수 있는지 물어봐 줘."

7

"목소리를 잃었었대."

재현은 합창부 연습이 끝난 뒤 가끔 나를 앉혀 놓고 노래를 불러 보게 했다. 내가 악보를 제대로 읽지 못해 군데군데서 틀린 소리를 냈기 때문이다. 옆에서 재현이 피아노를 눌러 주며 노래를 불러 보는 게 큰 도움이 되곤 했다. 그렇게 가끔씩 재현이 곁에 남아 주었다. 어느 날 재현이 내게 음악 선생님에 관해 이야기해 준 적이 있다.

"독일로 유학을 떠나기 직전이었대."

"정말? 그럼 유학은?"

"못 갔지."

재현이 고개를 저으며 말했다.

"아니, 뭐 때문에 목소리까지 잃고 유학도 못 갔어?"

"성악 전공하려는 학생들을 과외로 많이 가르쳤나 봐. 유학비를 벌어야 했으니까. 그때 목에 무리가 가서 성대 결절이 왔대."

"이런."

나도 모르게 입이 벌어지며 탄성이 흘러나왔다.

"얼마나 무리를 했길래?"

"잘 모르겠어. 전해 들은 얘기니까. 그런데 가끔 선생님이 그때 얘기를 하곤 해. 조금 그 시절을 후회하는 것 같기도 하고, 또……."

"또?"

"그때 유학을 갔으면 내가 지금 너희들을 보고 있겠냐, 이런 말을 해, 종종."

재현이 맑은 소리로 웃었다. 재현의 가는 손가락들이 자유롭고 가볍게 건반 위를 오갔다. 그러다 재현의 얼굴이 급격하게 어두워졌다.

"근데, 제주야. 어떻게 보면 선생님은 자기 인생을 망친 걸, 지금은 매일 반복하며 살아가고 있잖아."

안 그래? 동의를 구하며 재현이 물었다. 그렇게 위태롭게 흔들리는 재현의 눈동자는 처음 보았다.

"그건 너무 고통스러운 일 아닐까?"

재현이 양 손바닥으로 피아노를 거칠게 눌렀다. 건반과 연결된 해머가 제멋대로 현을 때려 기괴하고 무거운 소리가 음악실에 퍼졌다.

재현과 헤어져 집에 돌아온 그날 나는 선생님 얘기가 떠올라 쉽게 잠에 들지 못했다. 내가 좋아하는 것이 나를, 내 인생을 망칠 수 있다는 게 쉽게 상상되지 않았다. 난 음악에 대해 사실 잘 모르기도 하고, 음대 입시를 준비하는 애들처럼 치열하게 레슨을 받으며 연습하는 것도 아니니까. 그저 남보다 목소리가 좋고 잘 부른다는 얘기를 들으면 만족할 정도로만 노래와 음악을 좋아해 왔으니까. 그렇지만 한편으로 두려움이 생기기 시작했다. 점점 노래를 잘 부르고 싶다는 기대가 생겨서.

그 기대가 나를 망칠까 봐.

선생님에게 버릇이 생겼다. 연단 위에서 지휘봉으로 천장을 치는 버릇. 간혹 보이곤 하던 웃음기와 여유는 사라지고 말수가 줄어들었다.

"음이 자꾸 떨어지잖니. 나가든가, 못 하겠으면."

단원들 앞에서 틀린 것을 지적하며 비아냥거리는 투로 말하는 횟수가 늘어났다. 나는 자주 표적이 됐다. 다른 단원들보다 빈번하게 틀린 음을 냈기 때문이다. 언젠가부터 선생님은 나를 희한한 괴물 보듯이 대했다.

"거기, 새로 들어온 애."

나는 이름 대신 '새로 들어온 애'로 불렸다. 나를 볼 때마다 선생님의 얼굴은 구겨졌고, 지휘봉을 든 손은 천장을 향해 치켜올려졌다. 파트별로 연습을 할 때도 선생님은 내가 틀린 음을 냈다는 걸 예리하게 알아챘다.

"올리라니까."

선생님이 음을 올리라는 손짓을 했다.

"그 음이 아니고!"

두 번째엔 소리를 질렀고,

"나가."

세 번째엔 한숨을 내쉬며 고개를 저은 다음 나가라고 했다.

"여기서 나가란 말이야!"

몸을 움직일 수가 없었다. 목이 뻣뻣하게 굳어 움직이지 않았다.

낯선 사람들이 자주 집 안으로 들어왔다. 집을 보러 오는 사람들이라는 사실은 나중에 알았다. 그런 일이 반복되면 이사를 해야 했다. 갑작스럽게 문을 열고 들어와 집 안을 둘러보는 사람들의 얼굴을 봤다. 무표정하게 집 안 구석구석을 훑는 사람들의 시선이 잠시내게 멈췄을 때, 나는 얼어붙은 것처럼 움직일 수가 없었다. 아빠는 한 번도 내게 사람들이 집을 보러 올 거라고 미리 얘기해 준 적이 없었다. 그래서 내 입장에서 집을 보러 오는 사람들은, 허락 없이 문을 열고 들어와 함부로 이리저리 훑는 이들이었다. 그들의 방문은 이제 곧 집을 비워야 한다는 신호였다.

그때의 느낌이 들어 선생님의 얼굴을 제대로 쳐다볼 수 없었다. 선생님의 화난 목소리가 내 안으로 함부로 들어와 말한다.

"나가."

그렇지, 나가야 할 때지. 나는 체념하고 인정한다. 처음부터 이 공간은 내 것이 아니었으니까. 얼어붙은 몸을 살리려면 나가야 한다. 비워 주고 나가야 한다.

"틀려도 좋으니까 차라리 음정을 높게 부르란 말이야."

하나의 목소리, 그리고 수십 개의 시선. 몸이 긴장된다. 지휘봉이 천장을 향해 솟구치고, 거뭇한 수염으로 뒤덮인 선생님의 턱이 붉게 변하는 게 보인다.

"너는 어떻게 그렇게 얄밉게 반음을 떨어뜨리니."

나는 모멸감을 느낀다.

"좀 나아지는 게 있어야지. 징그러워 죽겠다, 아주."

선생님과 눈이 마주친다. 정말 징그러운 벌레를 쳐다보듯 소름 끼쳐 하는 표정이다.

"코인 노래방 같은 데 다니면서 아무렇게나 노래 불러 버릇하면 저렇게 되는 거야."

선생님이 잦아든 목소리로 말했다. 억눌렀던 화가 머리끝으로 차올라 맴돌고, 손끝이 저릿하다. 나는 분노로 짓이겨지는 표정을 숨기려 고개를 숙였다.

8

다시 만난 찰스는 예전보다 조금 더 말라 있었다.

그가 운영했던 스튜디오 근처의 카페에서 정빈과 함께 만났다. 그의 상징이나 다름없는, 어깨까지 내려오는 긴 머리에 모자를 눌러쓴 모습은 없었다. 치렁치렁하던 헤어스타일은 반삭으로 바뀌었고, 왼쪽 귀에는 크고 화려했던 크라운 귀걸이 대신 작은 은색 스터드 귀걸이가 달려 있었다. 은은한 갈색 칼라 티셔츠에 데님 바지를 입어 예전보다는 환하고 정제된 인상이었다.

조금 달라 보인다는 내 말에 찰스는 한쪽 다리 위로 걸쳐 놓은 다리를 떨며 "나 이제 진짜 비즈니스 하잖냐." 하고 여전한 허세를 부렸다. 로퍼 발등에 달린 술 장식이 흔들렸다.

"정빈이 과외 해 준다면서요?"

"얘?"

찰스가 옆에 앉아 있는 정빈을 보며 해죽 웃는다.

"어, 그냥. 얼마 안 받고 해 주는 거야. 얘 이제 학교도 안 가고, 앞으로 갈 길이 구만리인데 내가 안 도와주면 누가 도와주겠냐. 안 그러냐, 정빈아?"

정빈이 찰스의 말을 멋쩍은 웃음으로 받았다. 나는 그 모습이 보기 싫어 고개를 돌렸다.

"그나저나, 오디션 참가하고 싶다면서?"

"한번 해 보고 싶어서요."

찰스가 호쾌하게 웃었다.

"그냥 한번 해 보고 싶다는 마인드로는 이 일 못 한다, 너. 이미 한 번 거절해 놓고는 바로 다시 해 보겠다고 하는 거잖아."

"바로는 아닌데요."

"뭐?"

어이가 없다는 표정으로 쳐다보는 찰스를, 나도 지지 않고 노려봤다. 내 돈을 돌려주지 않고 있다는 채무의 요구를 은근하고 감정적인 형태로 드러내면서.

찰스는 예전 같지 않게 내 반응에 정색은 않고, 슬금슬금 내 눈치를 본다. 왠지 더 가벼워진 느낌이다.

"걸스 온 트웰브 탑이라는 아이돌 오디션 프로그램인데, 그 프로그램에 내가 바로 투입해 줄 수 있는 건 아니고……."

지난번에 들었던 얘기와 달랐다.

"참가시켜 줄 수 있다고 했잖아요. 그래서 온 건데요."

"그래, 알아. 안다고, 제주야. 그래서 내가 지금 말해 주고 있잖아. 안 본 사이에 굉장히 성미가 급해졌다, 너."

의자에서 등을 떼고 내 쪽으로 몸을 기울여 말하는 찰스의 다급한 말투와 자세는 예전에는 보지 못한 것이었다.

"그 오디션이 있잖아, 일반인 지원을 받아서 진행하는 게 아니야. 소속 아티스트를 참가시키고 싶은 연예 기획사들의 신청을 받아서 진행하는 거란 말이야. 방송사가 기획사 아티스트들과 인터뷰를 하면서 심사해 프로그램에 참가할 사람을 가려내지. 거기서 합격하면 본격적으로 오디션 프로그램에 참가할 수 있는 거고. 알아듣겠어, 제주?"

"모르겠는데요."

"야, 재주 많은 제주야. 간단한 건데, 뭘 몰라. 내가 아는 기획사 통해서 방송사 오디션 인터뷰 볼 수 있게 해 준다니까."

"왜 제가 알지도 못하는 기획사를 통해서 그렇게 해야 하는지 모르겠어요."

"정빈아, 얘 좀 봐. 다른 애들은 기획사 못 들어가서 안달인데. 방송사 인터뷰를 아무나 보는 줄 아나 보네."

찰스 옆에서 태평한 웃음을 흘리고 있는 정빈을 흘겨봤다. 아무것도 모른다는 듯 찰스의 말을 듣기만 하는 정빈을 보니 마음속 화가 다시 불붙기 시작했다.

"너 유튜브에 커버곡 부른 거 있지?"

나는 말없이 찰스를 쳐다보았다. 커버곡 영상 몇 개를 유튜브에 올린 적이 있다. 찰스가 어떻게 알았는지 궁금해하다 정빈에게로 고개를 돌렸다. 정빈이 내 시선을 피한다. 너구나.

"그거 기획사 대표님한테 보내 드려 봤거든. 근데 널 굉장히 마음에 들어 하더라고."

유튜브 계정을 없애야겠다고 생각했다.

"이거 되게 좋은 기회란 말이야. 내가 직접 기획해 보고 싶긴 하지만 난 자격이 안 돼. 방송사에서는 연습생도 키우고 음반도 제작해 본 경험이 있는 곳을 선호하더라고."

"기획사 통해서 참가해야 한다는 건 지금 처음 얘기하는 거잖아요. 그렇게는 하고 싶지 않아요."

찰스에게 뭘 기대한 게 잘못이었다고 나는 자책했다.

"제주야, 이거 엄청난 기회야. 게다가 방송사 인터뷰가 바로 다음 주야. 네가 참가하고 싶다고 연락을 준 게 좀 늦지 않나 싶었는데, 기획사 대표님이 허락해 주셨어. 네가 기획사 소속 연습생 아니고, 시간도 얼마 남지 않은 상황에서 오디션 인터뷰 보게 해 주겠다는 건 진짜 굉장한 베니핏이란 말이야. 다른 애들은 상상도 할 수 없다고. 제주야, 너 진짜 뭘 모르는구나."

"아니, 됐어요. 전 일어날게요. 생각 없습니다."

자리 옆에 놓아둔 가방에 손을 뻗자 찰스가 덜컥 손목을 붙들었다.

"제주야, 프로그램 참가는 못 해도 다른 쪽으로 기회가 생길지도 모르는데 포기할 거야?"

"시작도 안 했는데 무슨 포기예요."

"너, 돈 필요하다고 했잖아."

말없이 휴대폰을 보고 있던 정빈의 시선이 내게로 향한다.

"돈 벌고 싶다며."

애초부터 오디션엔 관심이 없었다. 처음 찰스를 찾았을 때처럼 재능으로 돈을 벌 수 있겠다는 기대가 또다시 생겼을 뿐. 하지만 지금 생각해 보니 가당치 않은 바람이었다. 여기까지 오게 된 것은, 그러니까 순전히 내 탓이었다.

"기획사에 얘기해서 방송사 인터뷰 보면 비용 지급하라고 할게. 아니다, 내가 줄게."

"준 적 없잖아요."

찰스가 허탈하게 웃었다.

"제주야, 나 못 믿니?"

나는 고개를 끄덕였다.

"야, 서운하다. 그래도 나 너희들 위해서 좀 뛰었다? 서지 개는…… 말도 꺼내기 싫지만, 지금은 정빈이 패션 디자인 공부 도와주는 거 잘 알잖아. 그리고 너를 내가 직접 기획사에 소개해서 재능을 마음껏 발휘할 수 있도록 도와준다는 거잖냐. 제주 네가 나한테 좀 서운해하는 건 이해하지만, 지금 내가 너한테 사기 치는 건 아냐. 안 그래, 정빈아?"

"그래, 인터뷰 한번 보는 것뿐인데."

정빈이 냉큼 찰스 편을 들며 말했다.

"얼마 줄 건데요."

정빈에게서 눈을 떼며 못 이기는 척 찰스에게 묻는다.

"음…… 글쎄, 비용은……."

고개를 허공으로 반쯤 쳐든 찰스는 당황해하는 눈치다.

"이십만 원 어떠니?"

나는 그 비용의 수준을 가늠한다. 다른 일자리 구하는 것을 오디션 인터뷰 뒤로 미뤄도 괜찮을 만한 금액인지. 그 정도로는 어렵다고 생각한다. 그런데, 마음속 한구석에서 콩나물 대가리만 한 크기로 고개를 쳐드는 욕망이 있다. 오디션 인터뷰를 한번 보면 어떨까 하는 생각. 어차피 합격하지 못해도 괜찮으니까.

"이십만 원 줄게. 기획사 소속으로 인터뷰 보면."

"그리고 그것도 줘야죠."

"뭐?"

"빌려 간 돈 이십만 원."

굳은 표정의 찰스가 말없이 나를 바라보다가 재주 많은 제주네, 하고 혼잣말로 중얼거린다.

그렇게 나는 방송사 오디션 프로그램의 사전 인터뷰에 참여하게 됐다. 찰스가 소개해 준 기획사의 연습생들 중에서 방송사 인터뷰 이후 합격한 사람은 나밖에 없었다. 찰스가 연결해 준 곳은 이름 없는 소규모 기획사였는데, 그의 말에 따르면 회사 대표가 이 분야에 굉장히 열정적이며 무엇보다 인맥이 좋은 편이라고 한다. 하지만 아직 데뷔시킨 아티스트는 없다고 했다. 그래서인지 같은 기획사 소속으로 방송사 인터뷰에 참여했던 연습생들도 실은 나처럼 몇 주 전에 합류한 이들이었다.

결국 이 기획사도 찰스의 스튜디오와 다르지 않은, 한마디로 실체가 불분명한 회사였다. 그런 신진 기획사가 방송사 오디션 인터뷰에 참여할 수 있었던 것은 방송사 관계자들과 친분이 두터운 회사 대표의 인맥 덕분이라고 찰스는 말했다.

"그러니까 제주야, 사람 알아 놓는 게 얼마나 중요하니. 두루 알아 두면 기회가 오는 법이야. 실력만 백날 쌓으면 뭐 해. 봐 주는 사람이 없는데."

찰스는 틈만 나면 내게 인맥의 중요성을 얘기했다. 내 합격 소식을 듣고 반색하며 나를 찾아온 찰스는 이렇게 말했다.

"너는 날 만난 게 얼마나 다행이니. 사실 오디션은 흙 속의 진주를 찾는 게 아니야. 다 만들어지는 거라고."

의미심장하게 말하는 찰스의 눈빛이 왠지 낯익었다. 서지를 바라볼 때처럼 기특해하는 눈빛이었다.

문득 나는 서지가 된 것 같은 기분이 들었다. 묘하게 소름이 돋았다. 마치 내 것이 아닌 가면을 쓴 느낌. 곧 있으면 가면이 벗겨지고 초라한 실체가 드러나고 말 거라는 두려움이 일었다.

"제주야, 우리가 이 판 한번 먹어 보는 거야."

찰스는 호기롭게 말했다. 마치 술에 취한 듯 몽롱해 보이는 그의 눈빛이 싫어 고개를 돌렸다.

며칠이 지나 입금 문자가 하나 도착했다. 이십만 원. 주기로 한 돈의 절반뿐이었다. 그러나 인터뷰에 합격하지 못했다면 과연 찰스가 그 돈이라도 보냈을지 나는 궁금해졌다.

9

아빠와 함께 체육관을 운영하는 웅수 아저씨로부터 아빠가 다리를 다쳤다는 소식을 들었다. 나는 찰스에게서 받은 이십만 원에 돈을 더 보태 얼른 아빠 계좌로 보냈다. 치료비에 쓰라는 메시지를 보냈지만 아빠는 답이 없었다.

아빠 대신 연락을 준 웅수 아저씨는 아빠가 치료와 재활을 마치는 데 최소한 두 달은 걸릴 거라고 했다. 하루의 삶도 어떻게 될지 예측할 수 없는 내게 두 달은 멀고 아득한 시간이었다.

이계영이 합창부에 들어왔다.

그 애가 왜 갑자기 합창부에 가입했는지 아는 사람은 없었다. 모두에게 의아한 일이었다. 그런데 더 이상한 건 선생님이 이계영이 합창부에 들어온 것을 아무렇지 않게 여긴다는 점이었다.

이계영이 음악실 뒷문을 열고 나타났을 때만 해도 그 애가 합창부 소속이 되리라고는 아무도 생각지 못했다. 단원들의 시선에도 아랑곳하지 않고 이계영은 등을 꼿꼿이 세운 채 자리에 앉았다. 긴 머리를 체크무늬 사각 핀으로 고정한 이계영은 음악실 앞쪽을 고집스럽게 쳐다보며 누구와도 눈을 마주치지 않았다.

음악실 문을 열고 들어온 선생님은 이계영에 대해서는 아무 말도 하지 않았다. 평소처럼 단원들을 일으켜 합창곡을 부르게 했을 뿐이다. 언뜻 보니 이계영도 뒤에서 같이 일어나 있었다. 이계영의 존재가 음악실의 분위기를 압도하는 바람에 연습 분위기는 어수선했다.

"거기, 애!"

선생님이 한 손으로는 지휘를 하고 또 다른 손으로는 나를 가리켰다.

"음 안 올려!"

선생님이 손바닥을 위로 올리는 시늉을 했다. 그런데 선생님의 표정이 밝았다. 미소가 입가에서 번지듯이 활짝 퍼졌다. 상기된 표정이었고, 들뜬 목소리였다. 선생님은 곡을 끊지 않고 계속 부르게 했다. 선생님의 얼굴에서 간간이 미소가 사라졌다가 드러나기를 반복했다.

음표가 어떤 음을 지칭하는지 정확히 알지 못하는 나는 다른 단원들이 노래하는 것을 듣고 흉내 낼 수밖에 없었다. 음을 이해하기보다 음이 익숙해질 때까지 듣고 따라 하는 것. 정확하지 않은 음을 내는 사람의 노래를 따라 부르는 바람에 헤매는 경우도 많았다. 나는 악보로는 소리에 대한 정보를 알 수 없었고, 오로지 청각에만 의존해야 했다.

곡이 끝났을 때 선생님은 꽤 상기된 표정으로 웃어 보였다.

"너희들 연습했니?"

단원들의 웃음소리가 들렸다. 선생님의 여유가 느껴진다는 뜻이었다.

"너희들, 계영이 잘 알지?"

웃음소리가 사그라들고 고요해졌다. 아무도 대답하지 않는다.

"계영이가, 오늘부로 우리 합창부에 들어왔다."

나는 이계영이 앉아 있는 쪽으로 고개를 돌렸다. 이계영의 눈길 잠시 나와 눈이 마주치더니 다시 선생님에게로 향했다.

"계영이 실력이야 너희들이 더 잘 알고 있을 테니까, 따로 설명할 필요가 없을 것 같고. 합창부에 조금 늦게 들어오긴 했어도 1학년 단원들은 선배로 잘 따르고. 알겠니?"

단원들의 엷은 목소리가 네, 하고 겹쳐 울렸다.

"계영이, 여기 한번 나와 볼래?"

머리를 귀 뒤로 넘기면서 이계영이 음악실 앞쪽으로 걸어 나왔다. 합창부에 새로 들어온 단원을 선생님이 직접 소개하는 경우는 없었다. 선생님은 이계영을 조금은 경외감을 갖고 대하는 듯했다.

"반갑습니다. 이계영이라고 합니다."

반면에 이계영은 말과 행동에 주저함이 없고 당당했다.

"좀 늦게 들어오기는 했지만 지금부터라도 합창부에서 같이 연습하면서 즐거운 기억들 많이 만들어 갔으면 좋겠습니다."

이계영이 허리를 굽혀 인사를 하자 단원들이 박수를 쳤다. 선생님이 흡족한 표정을 지으며 고개를 끄덕였다.

"그리고 하나 공지할 사항이 있는데, 계영이가 음악을 아무래도 오래 해 왔고 또 잘 아니까 합창부를 리드하는 역할을 해 줬으면 하는 바람이 있어. 그래서 오늘부터 계영이가 단장으로 평소 합창부 연습을 이끌기로 했다. 재현이는 단장을 도와주는 반장 역할을 해 주면 될 것 같고……."

합창부에 반장이란 직책은 따로 없었다. 부스럭거리는 부산한 소리가 들리고, 단원들의 시선이 소프라노 두 번째 줄에 앉아 있는 재현에게 쏠렸다. 재현은 자신을 찾는 시선을 피해 고개를 숙였다.

"계영이가 와서 우리 합창부에 날개를 달아 준 것 같은데, 안 그러니?"

선생님이 활짝 웃었다. 그 웃음에는 가려진 것들이 있었다. 감춰야 할 것들을 숨기고 나서야 이계영이 들어올 수 있었다고 얘기하듯 선생님은 단원들을 향해 환한 웃음을 오래 그치지 않았다.

우리가 보낸 여름에 대해 이야기를 한다면, 습기 가득한 음악실에서 시작해야 한다. 마주하기 두려운 감정들을 숨겨 두기 위해서 종종 나는 음악실에 남아 있었다.

"나는 조금 있다가 갈래."

연습을 마치고 일어서 나가는 단원들이 눈길을 줄 때면 나는 습관적으로 그렇게 대답하고는 했다. 한참을 자리에 머물렀고, 때로는 피아노 앞에 가서 앉았다. 피아노 건반을 손가락으로 가끔 눌렀다. 깊고 묵직한 소리가 들려왔다. 소리를 안다는 건 아득한 일이었다. 아무리 들어도 알 수 없는 음을 이해할 수 있을지 나는 몰랐다.

그럼에도 그곳에 남았던 이유는 어떻게든 물러서고 싶지 않은 마음 때문이었다.

"넌 왜 늘 가지 않아."

그날 재현은 다른 애들과 나가지 않고 음악실에 남아 내게 말을 걸었다. 이계영이 합창부에 들어와 단장이 된 날이었다. 짙은 그늘이 재현의 얼굴에 번져 있었다.

"난 실력이 부족하잖아. 좀 남아서⋯⋯."

"뭐가 부족해. 넌 부족한 거 없어."

옆으로 다가와 앉으며 재현이 잘라 말했다.

"부족한 게 있다면 네가 아니라 여기지."

재현이 고개를 음악실 가운데로 돌렸을 때 창밖의 어스름이 낮게 깔려 왔다. 서로의 표정을 잘 확인할 수 없는 어둠이었다.

"내가 재미있는 이야기 하나 해 줄까?"

재현이 메고 있던 가방을 허벅지 위에 올려놓고는 두 발을 허공 위로 들어 올렸다가 내려놨다.

"이계영 있잖아, 걔랑 나는 초등학생 때부터 꽤 친한 친구 사이였어. 엄마들끼리도 알고, 중학생 때는 합창부도 같이 했으니까. 이계영은 늘 노래를 잘하는 아이였어. 왜 이계영만큼 고음을 잘 내지 못해? 왜 이계영만큼 연습하지 않아? 엄마는 내게 그렇게 얘기하곤 했어. 나를 자극하려는 말이었겠지만⋯⋯ 엄마라는 존재는 소중하면서도 잔인해. 안 그래?"

나는 어떻게 말할까 고민하다가 대답한다.

"나는 엄마가 없어."

그렇게 말하고는 얼른 덧붙인다.

"큰일 아냐. 그럴 수도 있어."

"무슨 말이야?"

"혹시나 네가 날 연민이라도 할까 봐. 그럴 필요 없는데. 엄마가 없는 게 자연스럽거든, 난."

그때 재현의 눈동자가 좌우로 흔들렸다. 무언가가 스며든 표정이었고, 이내 재현이 얼굴을 두 손으로 가리더니 내 가슴팍에 묻었다. 그리고 울었다. 고요하게.

내가 엄마가 없어서 우는 것이라기보다는 나의 어떤 부분이 안 그래도 위태로이 흔들리던 재현의 감정을 건드린 것 같았다. 가슴께가 젖어 오는 게 느껴졌다. 품에 받은 눈물이 내 것이었으면 좋았겠다고 잠시 생각했다. 나도 기대어 울 수 있는 사람이 있었으면.

"미안해."

내게서 얼굴을 떼면서 재현이 말했다. 나는 그럴 필요가 없다고 했다.

"항상 비교받는 존재였겠네, 이계영은."

다시 이계영 얘기를 꺼냈다. 엄마 얘기가 나오면 아무렇지 않은 척해야 할 때가 있다. 그렇게 버텨야 하는 때가.

"엄마뿐만이 아니었어."

재현이 손가락을 굽혀 눈가 구석구석의 눈물을 닦아 냈다.

"이계영과 나를 비교하는 사람들이 많았거든. 이계영도 아마 그런 말 많이 들었을걸."

눈물이 번진 재현의 얼굴이 번들거려 보였다.

"제주야, 사람과 사람 사이를 멀게 하는 게 뭔 줄 알아?"

"뭔데?"

"다른 사람의 말이야. 나와 누군가를 비교하는 다른 사람의 말. 그 말이 마음을 무겁게 하거든. 비교 대상이 되는 사람을 생각할 때마다 마음이 무겁고 힘들게 돼. 그러면 그 사람의 흔적을 마음에서 떼어 내고 싶어져. 멀리 던져 버리고 싶어져."

재현이 울먹이며 말을 이었다.

"우린 그걸 어릴 때부터 겪잖아. 어른들이 만들어 놓은 틀대로 살아가야 하잖아. 부모들은 자기 자식을 남들과 비교하고 자극하잖아. 난 그게, 역겨워."

재현과 나는 완전히 어둠 속에 잠길 때까지 그곳에 앉아 있었다. 낡고 허름한 음악실은 어느 구석에도 정을 붙일 곳이 없어 황량했다. 그 쓸쓸한 공간에서 우리가 공유한 건 어떤 슬픔이었는지 모르겠다. 이를테면 그 여름 우리가 잃을 것에 대한 예감 같은.

10

첫 녹화에 참여하기 위해 방송사에 가는 날, 나와 동행한 것은 기획사 직원이 아니라 찰스였다. 찰스는 그의 낡은 에메랄드색 자동차를 몰고 왔다. 회사에서는 아무도 함께 가지 않느냐고 묻자 찰스는 그렇다고 대답했다.

"대표님도요?"

찰스가 노란불에서 빨간불로 바뀌는 신호를 허겁지겁 통과한 다음 고개를 끄덕였다.

"그 양반 아무것도 모르는데, 뭘."

나는 방송사 인터뷰가 진행되는 동안 몇 차례 본 기획사 대표를 떠올렸다. 사십 대 초중반 정도로 보이는 그는 항상 단추가 세 개 달린 남색 셔츠를 입고 다녔다. 셔츠의 단추는 늘 채우지 않고 있다가 회사로 찾아온 방송사 사람들을 만날 때면 가운데 단추만 잠갔다. 안경 너머로 작은 눈이 희미하게 번뜩이고 말수가 적은 사람이었다.

나를 만났을 때 처음 그가 건넨 말은 "네가 제주니?"였다. 그렇게 물어보고도 대표는 볼 때마다 내 이름을 전혀 기억하지 못했다. 마치 음악 선생님처럼 굳이 내 이름을 기억하지 않으려는 듯했다. 차라리 그 편이 나을지 몰랐다. 누군가에게 관심을 받는 건 어색하니까.

"대표가 이 바닥 들어오기 전에는 연예 매체 기자였어. 그래서 잘 몰라. 업계 경험 없이 연예인들 좀 안다고 그냥 감으로 뛰어든 거거든. 인맥은 꽤 있을지 몰라도 이쪽 사정은 모르는 거지. 그래서 내가 조언도 해 주고 그러는 거야. 이번에 인터뷰에서도 내가 데려간 너만 뽑혔잖아. 다른 소속사에서 잘나간다는 애들 돈 주고 데려왔는데 누구 하나 된 애 없고."

그러고 보면 찰스가 대표에 대해서 좋은 말을 하는 걸 본 적이 없었다. 항상 뭘 잘 모르는 사람이라거나 내가 해 준 게 얼만데,라는 말을 달고 다녔고, 대표와 얘기가 잘되지 않으면 이 바닥 생리를 이해하지 못하는 사람이라고 했다. 나는 찰스의 그런 모습을 지켜볼수록 왠지 불안해졌다.

"네가 잘해야 우리 회사도 잘될 거야."

차 안에서 찰스가 그렇게 말했을 때 나는 내가 느끼고 있는 불안의 정체를 깨달았다. 내가 알아야 하지만 모르는 부분이 있었고, 그건 돈에 관한 문제였다. 돈 문제가 마음에 걸리자 신경이 바짝 곤두섰다.

"저는 이거 하면서 얼마 받아요?"

"얼마 받냐고?"

찰스가 운전대를 쥐지 않은 손으로 턱을 쓰다듬었다.

"돈은 지난번에 줬잖아. 이십만 원."

"그건 기획사 소속으로 인터뷰 보기로 한 비용이잖아요."

찰스가 숨을 크게 들이마셨다가 내뱉었다.

"일단 제주야."

흐릿한 햇빛이 찰스의 얼굴을 비추었다. 앞 유리창 위로 어지럽게 남은 얼룩 때문에 밖이 잘 안 보여 갇혀 있는 느낌이었다.

"너도 알잖아. 이 오디션 아무나 참가할 수 있는 게 아니라는 걸. 그런 기회가 네게 주어진 거고, 앞으로 네가 뭘 하든지 여기 출연한 게 괜찮은 스펙이 되잖니. 또 만에 하나 우승하면 상금이 일억이잖아. 그런 것들이 어떻게 보면 그냥 단순하게 돈 얼마 받는 차원을 넘어서 있단 말이야."

"지금은 못 받고요?"

"에이, 지금은 힘들지."

당연한 걸 묻느냐는 듯 찰스가 말했다.

"방송 출연료도요?"

"아, 그건 오만 원 나오기는 하는데 회사 계좌로 들어가."

"아니, 제가 받는 게 아니라고요?"

차 안의 공기가 미묘하게 달라졌다. 찰스가 미간을 구기며 이야기했다.

"제주야, 너한테 들어가는 비용을 생각해 봐. 스타일링, 메이크업, 의상 비용, 너 데리고 다니면서 쓰는 기름값, 식대. 이런 건 다 누가 낸다고 생각하니? 회사에서 들이는 비용이 더 많은데, 너한테 출연료 줄 여유가 있겠니?"

"저 이거, 돈 때문에 하는 건데요."

앞 유리창에 워셔액이 분사되고 와이퍼가 작동됐다. 오래 세차를 하지 않았는지 얼룩 더께가 번져 창이 더 지저분해졌다.

"그러니까 제주야……."

"저 돈 안 주면 안 해요."

오래된 와이퍼에서는 삐걱거리는 소리가 났다. 얼룩은 전혀 지워지지 않고 오히려 진득하게 오염된 물질이 창 여기저기로 흘어졌다.

"제주야, 근데 너도 이거 하겠다고 했을 때는 나름 알아봤을 거잖아. 돈 안 받아도 되니까 어떻게든 출연만 시켜 달라고 하는 애들이 한 트럭이야. 남들이 쉽게 얻을 수 없는 기회잖아. 돈으로 환산할 수 없는 엄청난 기회……."

"저한테는 돈 안 주는 공짜 기회는 필요 없어요!"

차 안에는 오래된 와이퍼가 소름 끼치도록 갈리는 소리만이 반복적으로 들렸다. 찰스는 무슨 생각인지 와이퍼 작동을 멈추지 않았고, 나는 감정을 격하게 뱉어 낸 까닭인지 속이 메스꺼웠다.

"미안하다, 제주야."

얼마 지나지 않아 찰스가 먼저 말을 꺼냈다.

"미리 먼저 네가 상황을 잘 알 수 있도록 설명해 줬어야 했는데, 어떻게든 너를 오디션에 참가시켜야겠다고만 생각해서 자세한 내용들을 말해 주지 못했네. 미안해."

오디션 얘기를 할 때 찰스는 내 심기를 거스르지 않으려 노력했다. 내게서 얻고자 하는 것이 있으니까.

"난 그만큼 너의 재능이 다른 애들보다 뛰어나다고 생각했거든. 되겠다 싶었던 거야. 그래서 내가 너 오디션에 넣어 주겠다고 했던 거고."

찰스의 말을 들으며 나는 감정을 추슬렀다. 너무 흥분했던 것 같다. 버릇없게 군 것 같아 미안한 마음도 들었다. 하지만 돈 문제에서만큼은 모호하게 굴 수 없었다. 나에게는 생계를 이어 가는 게 중요하니까. 일을 하면 돈을 줘야죠. 그 말만큼은 꾹 참고 있었다. 그나마 얻은 기회를 다 망쳐 버릴까 봐.

여전히 나는 노래 부르는 일로 무엇인가 할 수 있기를 바랐지만, 그런 이유만으로 오디션에 참가할 수는 없었다. 노래라는 이유만으로 순수하게 무엇을 시도하고 추구하는 것은 합창부 생활로 충분하고 그 이상은 사치라는 강박 때문이었다.

돈을 벌면 되잖아. 그럼 참가해도 되잖아. 이런 합리화가 찰스에게 연락하게 했다. 이렇게라도 합리화하지 않으면, 오디션에 나간다는 것이 내게는 참을 수 없는 허영이 되기 때문이었다.

"찰스 아저씨."

"왜."

"와이퍼 좀 갈아요."

방송국에 도착할 때까지 찰스와 나는 말이 없었다.

주차장에 차를 대고 방송국 출입구로 가니 생각지도 못한 사람이 보였다. 정빈이었다. 오버핏 반팔 티셔츠와 청바지를 입고서 출입구 앞에 우두커니 서 있었다. 정빈이 양손을 주머니에 걸쳐 놓고는 어색한 웃음을 짓는 사이, 다른 기획사의 밴 차량들이 줄지어 입구 앞까지 진입해서는 소속 참가자들을 내려놓고 이동했다.

우리는 다른 기획사 참가자들과 그 뒤로 따라붙은 스태프들을 넋 놓고 바라봤다. 의상과 소품을 챙겨 바삐 움직이는 그들과 달리, 우리는 손에 든 게 아무것도 없었다. 찰스와 정빈은 그 자리에 멈춰 서서 다른 기획사 사람들을 처량하게 쳐다봤다. 찰스의 주눅 든 모습을 보며 순간 화가 일기도 했으나 일단 추스르면서 그의 등을 떠밀었다. 아무리 생각해도 찰스가 이쪽 업계에 경험이 많다고 했던 말은 거짓말인 것 같았다.

불과 몇 달 전에 종편에 선정된 신생 방송사이므로 사정이 열악한 건 이해해야 한다고 찰스가 말했다. 회차별 기획안과 콘셉트를 전달받으면 헤어스타일링과 메이크업, 의상 코디를 모두 소속사 측에서 준비해야 한다고 했다. 그래서 정빈이 온 거라고 했으나 정빈이 할 수 있는 건 아무것도 없어 보였다. 그래도 상금이 일억인 게 어디냐고 찰스는 덧붙였다.

"그거 우리가 갖자, 제주야."

상금이 왜 내 것이 아니라 우리 것이 되어야 하는지에 대해 따져 물으려다 오늘 그와 주고받은 우울한 설전이 생각나 그만두었다.

그리고 그곳에는 내가 아는 사람이 한 명 더 있었다. 바로 서지였다.

정빈은 서지가 대중적으로 유명한 기획사에 들어갔고, 이미 인기가 많은 연습생이라고 했다. 오리엔테이션에서 나는 멀리서도 서지를 알아볼 수 있었다. 가서 알은체를 할까 싶었지만 찰스가 원하지 않는 것 같아 애써 외면했다. 찰스는 서지가 있는 쪽이 의식될 때는 자신감 없는 표정으로 고개를 수그렸다. 서지가 소속사 스태프들에게 둘러싸여 환히 웃는 동안 찰스는 차마 그쪽을 바라보지 못하고 등을 돌린 채 서 있었다. 연신 마른세수를 하는 그에게서 나는 처음으로 연민을 느꼈다.

11

"너는 첫 음을 못 내더라."

뒷줄에 앉아 있던 이계영이 등 뒤에서 내게 처음 건넨 말이었다. 이계영의 더운 숨결이 내 목덜미에 닿았다. 그때까지 이계영과 나는 서로 데면데면할 뿐 제대로 대화를 나눠 본 적은 없었다. 나는 뒤쪽으로 반쯤 고개를 돌려 이계영을 의식하기는 했지만 마주 쳐다보지는 않고 못 들은 척했다. 자연스레 생겨난 경계심이 고슴도치 가시처럼 돋아났다.

이계영이 내게 왜 그런 말을 던진 건지 알 수 없었다. 그저 장난이라고 하기에는 말끝이 베일 듯 날카로웠을 뿐 아니라 무시하는 듯한 말투였기에. 단지 내가 거슬려서 그런 게 아닐까 하는 생각이 들자 서늘한 기분이 느껴졌다.

어린 시절부터 천재 소리를 들었던 이계영에게 자주 엇나간 음을 내며 노래를 부르는 나는 이해할 수 없는 존재일지도 몰랐다. 망설임 없이 음을 낸다는 게 그 애에게는 쉬울지 몰라도 내게는 어려웠다. 틀린 음으로 혼자 부르다 합창부 연습 때야 비로소 잘못됐다는 사실을 알게 될 때의 낭패감 같은 걸, 이계영은 절대 이해할 수 없을 것이다.

악보를 본다는 건 내게 모르는 언어가 적힌 종이를 보는 것과 같았다. 내고 싶어도 낼 수 없는 음이 있었고, 부르고 싶어도 부르지 못하는 노래가 있었다. 악보는 마치 내가 도달할 수 없는 세계 같아 절망감이 들었다. 아무리 발버둥 쳐도 평균치의 삶 근처에도 도달할 수 없을 것이라는 비관과 비슷한 느낌의 절망감이었다.

"왜 그렇게 삑사리를 내."

이번에도 이계영이었다. 연습을 마치고 야간 자율 학습을 하러 도서관에 가던 나에게 다가와 지난번과 비슷한 어투로 말을 걸었다. 그 말을 듣고 그저 순진하게 웃어 버리는 내가 밉다.

"미안."

"어떻게 하면 네가 삑사리 안 내고 잘할 수 있을까?"

이계영이 혼잣말을 하듯 조소하며 중얼거렸다.

"피아노로 음을 들어 보면서 노래하는 연습을 자주 해야지. 집에 피아노 없니?"

나는 고개를 끄덕인다.

"없으면…… 멜로디언이나 작은 전자 피아노를 하나 사서……."

"그럴 형편이 안 돼."

안 되겠다 싶어 정색을 했다. 그건 적의를 드러내는 나의 방식이다. 합창부 단장이 된 이계영과 좋은 관계를 맺어 보겠다는 마음,

그녀에게 잘 보이고 싶은 마음을 나는 포기했다.

"어떻게든 열심히 해야지. 다른 사람들한테 피해를 주면 안 되잖아."

나의 정색에 보복하듯 이계영은 사나운 표정으로 말을 내뱉고는 앞서 걸어갔다.

"참, 그런데 말이야."

그 애가 멈춰 뒤돌아봤다.

"노력한다고 다 되는 건 아니야."

언제든 다른 누구에게 상처를 낼 수 있는 뾰족한 창을 연마해 다니는 듯 일상적인 말과 표정이었다. 나는 도서관으로 가는 길목에서 그대로 뒤돌아 반대 방향으로 내려와 버렸다.

집으로 돌아오는 길 내내 나는 휴대폰을 만지작거렸다. 내게 연락을 하는 사람도, 내가 연락을 할 곳도 없어 심심하고 울적한 마음이 서성거렸다. 고민 끝에 마침내 통화 버튼을 눌렀다. 아빠였다.

"어, 제주야."

웬일로 아빠가 단번에 받는다.

"괜찮아?"

"뭐가?"

아빠는 늘 아닌 척을 한다.

"응수 아저씨한테 다 들었어."

"응…… 그렇구나. 근데 안 괜찮을 건 또 뭐가 있겠니."

매사 달관한 듯한 아빠의 태도가 싫다.

"왜 전화했어?"

"나 이제 곧 방송에 나와."

"뭔 일로?"

"아이돌 오디션 프로그램 출연하거든. 다음 주부터 방송하는데."

"그래? 야, 그런 일이 있으면 아빠한테 진작 얘기했어야지."

세상은 어두워지고 있었고 아빠의 목소리는 낮 같았다. 나와 상관없는 낮. 아빠는 항상 낮이고, 나는 늘 밤이다. 우리는 만날 수가 없다.

"나 근데, 고민이 있어."

"고민? 뭔데?"

"악보를 못 읽어."

"악보를…… 못 읽어?"

"응, 그래서 좀 걱정이야. 미션 곡이 주어지면 당장 연습해서 불러야 하는데, 악보 보고는 노래를 못 하니까."

"괜찮아. 너무 걱정하지 마. 실력으로 보여 주면 돼. 엘비스 프레슬리도 악보는 못 읽었는걸. 그래도 아주 대스타가 됐잖아."

"아빠, 그때 왜 나한테 있잖아……."

"말해. 그때 뭐."

"그때 왜 피아노 안 사 줬어?"

아빠가 대답할 수 없는 질문을 했다. 아빠는 내가 노래를 잘하는지 모른다. 본 적이 없고, 봤다고 해도 기억에 없을 것이다.

나는 별다른 말을 하지 않고 전화를 끊었다. 그을린 마음을 조금이라도 아빠가 알아주었으면 하는 착잡한 심정으로. 아빠는 아마도 내가 마음에 들지 않을 것이다. 전화를 바로 끊은 건 그런 기색을 느끼기 싫어서기도 했다.

뭐 갖고 싶니? 아빠는 이런 질문을 하는 사람이 아니었다. 그건 네가 고를 수 없는 거야. 아빠는 이렇게 말하는 사람이었다. 아빠는 내가 가질 수 없는 이유를 설명해 주는 사람이었고, 자신의 말이 통하지 않으면 화를 내는 사람이었다. 내가 일찍 세상을 알게 된 것은 전적으로 아빠 때문이다.

아무도 없는 음악실에서 재현이 피아노를 만지는 모습을 들여다본다. 손가락들이 굽어지고 펼쳐지는 모습을 보다 보면 가끔은 그 애가 캔버스에 그림을 그리는 것 같다는 느낌을 받기도 했다.

그림자가 되는 시간.

합창부 연습이 끝난 오후 늦은 시간을 재현은 그렇게 표현했다. 마치 어둠과 하나가 되고 싶은 사람처럼 재현은 말했다. 나는 재현과 단둘이 있을 수 있는 그 시간이 좋았다.

"재현아, 선생님이 나보고 반음 떨어뜨린다며 화낼 때 있잖아."

"응, 가끔."

"그때마다 저기 흙 속에 들어가 귀를 막고 싶어."

나는 눈짓으로 창문 너머 흙더미를 가리켰다.

"소리를 낼 때 차라리 반음 정도 높여서 샤프로 부른다고 생각해 봐. 그럼 정확해질 수도 있어."

"사실 나, 누가 먼저 불러 주지 않으면 음을 몰라."

재현이 의아한 눈빛으로 나를 바라보았다.

"악보를 못 보거든. 나한테 악보는 그냥 알 수 없는 기호들이 모여 있는 그림이야."

"그런데 어떻게 그렇게 노래를 잘해?"

"무슨 소리야?"

나는 깜짝 놀라 물었다.

"아니, 악보를 못 읽는데 어떻게 그렇게 노래를 잘할 수가 있냐고."

"자꾸 그러지 마. 난 심각한데."

"알겠어. 근데 나 진짜 장난으로 하는 얘기 아니야. 너 정말 노래 잘해."

양 볼이 뜨거워지는 것이 느껴졌다.

"많이 들어서 익숙해지기 전까지는 정확한 음정을 잘 몰라. 그래서 어떻게 부르라고 말해 주는 게 고맙긴 하지만, 나한테는 사실 허공에서 구름을 잡으라는 말과 같아."

숨김없이 털어놓자 나는 빈 몸이 된 것 같았다. 비밀은 겹겹이 껴입은 여러 벌의 옷 같다. 초라해지는 게 싫어 벗지 못하는 옷.

"제주야, 내가 왜 작곡과에 가려는 줄 알아?"

"글쎄?"

"음표는 사람들이 언제 불러도 늘 똑같이 부를 수 있도록 만든 거잖아. 그런데 너무 기계적으로 음표에 따라 노래를 부르라고 하면 사람들이 좋아할까? 나는 마음을 연주하고 노래한 다음, 거기에 직접 설명하듯이 음표를 달고 싶어."

해가 지는 오후가 되면 음악실은 점점 어두워진다. 그림자가 드리운 재현을 바라보며 나는 말했다.

"넌 생각이 있네. 하고 싶은 것에 대한 생각."

"너도 그렇잖아."

"없어. 돈 벌어야 하거든. 그게 나한테는 먼저라서."

솔직하게 말해 버렸다. 그렇다고 속이 편하지는 않았다. 사실을 말하는데 왜 나는 자꾸만 변명하듯 얘기를 하는 걸까.

"그랬구나……. 몰랐어……. 미안."

사과하는 재현에게 나는 그럴 필요가 없다며 손을 흔들었다. 그러면서도 한편으로는 사는 게 징그럽게 여겨질 때가 있냐고 물어보고 싶었다. 하지만 그렇게까지 말하면 아마도 재현이 나에게 질려 버릴 것 같았다.

어둑한 음악실에서 재현이 내 표정을 알아보지는 못했을 것이다. 눈앞이 어룽거리더니 뭔가가 손등으로 떨어졌고, 나는 바로 눈가를 훔쳤다. 해가 완전히 지려 할 즈음, 더 어두워지기 전에 우리는 음악실을 빠져나왔다.

2부

lamentabile

라멘타빌레 슬픈 듯이

1

연습생 열두 명을 뽑아 아이돌 팀으로 데뷔시키는 방송 프로그램에 내가 출연한다는 사실을 아는 사람은 아빠밖에 없었다. 가까운 사람에게도 방송 출연 소식을 알리지 않았다. 심지어 재현에게까지도.

은연중에 방송 출연을 자랑하고픈 마음이 들기도 했으나 시간이 지나면서 사그라들었다. 준비되지 않은 나의 실력을 혹시나 누군가 알아차릴 것 같은 두려움 때문이었다.

네가?

왜 너야?

넌 아무 준비도 해 오지 않았잖아.

밤이면 이런 목소리들이 차례로 나를 심문해 괴로웠다. 어느덧 심약한 마음이 되어 찰스에게 오디션 참가를 번복하면 안 되는지 묻기까지 했다. 그러자 찰스는 기겁을 하며 대꾸했다.

"넌 재능을 인정받았어. 그러니까 방송에 출연할 자격이 주어진 거지. 이런 기회를 잡으려고 수십 번씩 오디션을 보는 애들이 얼마나 많은데, 웬 복에 겨운 소리야. 중도에 그만두는 건 아니겠지?"

재현에게는 말할까 망설였지만 얘기하지 않는 쪽을 택했다. 나의 일상을 공유하는 것이 겁이 났다. 나에 대해 말하다 보면 항상 내 안에서 뭔가 사라지는 기분이 들었다. 별다른 주목을 받지 못하고 경연에서 떨어져 그대로 집에 돌아올 수도 있다는 비관적 예감이 들기도 했다.

여름 방학이 시작되어 학교 일정에 방해되지 않고 녹화에 참여할 수 있게 된 것은 다행이었지만, 당장 돈을 벌 수 없다는 사실은 가슴을 답답하게 했다. 그렇다고 여기서 멈출 수는 없었다. 아무것도 못한 채로 그만둘 수는 없었다.

첫 방송에서 내 모습은 거의 보이지 않았다. 그래서 누가 나를 알아볼 걱정은 하지 않아도 됐다. 본격적인 경연이 시작되기 전에 어떤 연습생들이 참가했는지를 보여 주는 회차였는데, 대형 기획사의 연습생들 위주로 내용이 흘러갔다. 카메라가 비추는 쪽은 주로 이름이 많이 알려진 기획사의 연습생들이었고, 나는 있는 듯 없는 듯 그 주변을 서성일 수밖에 없었다.

참가자들이 숙소에 입소하는 모습, 배정된 방에서 서로에게 소속사가 어디인지를 밝히는 모습, 첫 번째로 부여된 미션에 환호하면서도 걱정스러워하는 모습이 화면에 비쳤지만, 그 속에 나는 없었다. 겨우 알아볼 수 있을 정도로 드문드문 보이기는 했지만, 그마저도 누군가의 뒤에 서 있는 모습이었다.

되레 다행이라는 마음이 들면서도 한편으로 서운한 감정이 느껴졌다. 그 감정은 내가 이 오디션에 아무것도 기대하지 않은 것은 아니라는 사실을 뒤늦게 깨닫게 했다.

"조금 더 무리 안쪽으로 들어가 보지 그랬어."

첫 방송을 본 뒤 내게 전화를 걸어온 찰스는 조언하듯 말했다.

"이왕 거기 나갔으면 좀 적극적으로 해야지. 안 그래, 제주야?"

은근히 내 탓을 하는 것 같아 마음이 조금 상했다.

"그게 마음대로……."

"하기 나름이야."

찰스의 건조한 음성이 내 말을 가로막았다.

"그냥 뭔가 다 짜 맞춰져 있는 거 같아요."

나도 내 생각을 솔직하게 뱉어 냈다.

"무슨 말이야?"

"유명하고 큰 기획사 연습생들 위주로……."

찰스가 한숨을 크게 내쉬었다.

"제주야, 내가 말했지?"

"뭘요?"

"넌 보석이라고."

그 말을 나는 믿지 않는다. 오디션에 응한 뒤부터 찰스는 나에 대해 굉장히 그럴듯하게 말하지만, 그건 자신이 원하는 걸 이뤄 줄 수 있는 대상으로 나를 여기기 때문이었다.

"됐어요."

전화를 끊자 어깨 쪽이 뻐근했다. 누군가의 도구가 되는 기분은 이런 거구나 싶었다.

나는 방송의 중심에서 가장 멀리, 끝에 있는 사람이었다. 나에겐 드러낼 만한 경험과 이력이 없었고, 소속사 역시 주목받지 못하는 작은 신생 기획사였다. 애초부터 이 오디션에서 부각될 수 없는 조건들이 길게 늘어서 있었다.

그렇다고 제작진을 탓할 수는 없었다. 한정된 시간 안에 출연자 모두의 재능과 이야기가 균등하게 소개될 수 있도록 하기는 어려워 보였다. 제작진은 대중에게 임팩트를 줄 요소를 찾느라 분주했다. 방송 분량은 얼마나 화제를 끌어낼 수 있느냐에 초점이 맞춰져 있었다. 그 관점에서 볼 때 내가 가진 조건들은 몹시도 빈약했다.

가끔 스태프들이 나와 눈이 마주치면 쟤는 누구지? 하며 조금 놀라는 것 같을 정도로 나는 존재감이 없었다. 카메라가 비추는 곳에서 나는 완전히 비켜선 사람이었다. 예정된 동선이 있다는 듯이 카메라는 서슴지 않고 특정 출연자들에게 다가갔다. 나는 그 주변부에서 누군가의 배경이 될 뿐이었다.

그런데 생각해 보면 나라는 사람의 인생은 그렇게 될 수밖에 없도록 운명 지어진 것 아닌가 싶은 물음이 마음속에 차올랐다. 어디서나 항상 중심부로 들어가지 못하고 주변을 맴돌았던 나에게, 갑작스레 극적인 전환이 찾아오기나 하겠냐는 자조가 섞인 물음이었다. 입에서 쓴 물이 올라왔다.

모든 것이 순간의 경쟁이며 우연의 연속이라고 자막을 넣은 프로그램이었지만, 그 경연의 세계에 우연적인 것은 아무것도 없었다. 모든 것이 정교하게 배치되어 움직였다. 사전에 '픽'을 받은 출연자들이 있었고, 그들을 중심으로 에피소드가 꾸려졌다. 그들이 화제 몰이를 해야 프로그램이 주목받을 수 있다고 프로그램을 총괄하는 선호수 피디가 스태프들에게 얘기하는 것을 들었다. 방치된 나는 이곳의 출연자보다는 관찰자에 가까운 것 같았다.

그랬던 내가 갑자기 오디션의 중심으로 들어간 건 의도하지 않은 상황에서였다.

조별 경연 미션이 주어진 다음, 연습생들이 뿔뿔이 흩어진 때였다. 내가 속한 조가 모이는 자리로 걸어가는데, 맞은편에서 서지가 다가오는 게 보였다. 서지와 나는 아직까지 제대로 인사를 나누지 못한 상태였다. 찰스가 서지와 마주치는 걸 불편해하기도 했고, 서지도 나와 만나는 걸 왠지 꺼리는 듯했다. 나와 눈이 마주치면 고개를 휙휙 돌리는 걸 몇 번 목격했다. 게다가 소속사 규모가 다른 데서 오는 열등감이 되도록 서지를 피하게 했다. 서지가 환히 웃으며 다른 연습생과 걸어오는 장면을 카메라가 담는 걸 보면서 나는 뒤돌아가고 싶은 충동을 겨우 억눌렀다.

어차피 결국 한 번은 만나게 될 거였다고 스스로를 설득하면서 나는 앞으로 걸어 나갔다. 뒤돌아서면 갈 데가 없었다. 빛이 들지 않는 어두운 방으로 돌아가 깨진 휴대폰 화면을 멍하게 바라보며 내일의 생계를 걱정하는 일 말고는 할 수 있는 게 없었다. 앞으로 무슨 일이 일어나든 멈추지 말아야 해. 이렇게라도 다짐하지 않으면 나는 버틸 자신이 없었다.

서지와 내가 마침내 한자리에 모였을 때도 우리는 서로를 바라보지 않았다.

"우리, 서로 소개할까?"

같은 조에 속한 누군가가 연습생들을 둘러보며 제안했다. 그때 서지의 눈길이 움직이더니 내게로 향했다. 나는 서지의 큰 두 눈에 어린 복잡한 감정을 읽었다. 왜 하필 네가 여기에 있어,라고 묻는 표정 같았다. 서지가 나를 보며 고개를 절레절레 흔들었다. 아는 척하지 말라는 뜻으로 나는 이해했다.

연습생들이 차례로 한 명씩 자기소개를 했다. 내 차례가 되었을 때, 카메라 앞에 서 있는 서지가 시야에 들어왔다. 그때의 서지 얼굴을 나는 오래 잊지 못할 것이다. 처음 보는 사람처럼 호기심이 가득한 표정으로 나를 바라보던, 그 싱그러운 눈빛을.

"자리를 좀 맞출게요."

한 스태프가 조별 자리 배치를 하면서 우리 조를 구석진 곳으로 이끌었다.

"서지랑 민영이는 너무 같이 붙어 있지는 말고."

선호수 피디가 둘이 떨어지라는 듯 허공에 손을 갈랐다.

"어, 그래, 여기 이 친구하고 민영이가 자리 바꾸면 되겠다."

그는 나를 향해서는 이 친구라고 말했다.

"죄송하지만, 꼭 그래야만 하나요?"

선 피디와 참가자들이 나를 돌아봤다. 잠시 정적이 돌았다. 선 피디는 얼굴을 일그러뜨린 채로 그게 무슨 소리냐는 듯 양팔을 어쩌지 못하다가 "누가 여기 정리 좀 해 줘." 하고는 자리를 떴다. 작가 한 명이 다가오더니 가슴에 붙인 내 이름표를 확인했다.

"제주야, 여기 지금 카메라 구도를 맞춰야 해서 저쪽으로 가 주면 안 될까?"

서지 옆으로 가는 게 죽기보다 싫었는데, 결국 옮기게 되었다. 서지가 고개를 내 쪽으로 돌리고는 아주 작은 목소리로 속삭였다.

"너무 튀려고 하지 마."

서지를 바라보니 그 애의 시선은 이미 다른 곳에 있었다. 아무에게도 보이지 않는 뾰족하고 날 선 말이 가슴에 남았다.

카메라가 우리가 서 있는 쪽으로 다가왔고, 서지가 다시 내게로 고개를 돌렸다. 거칠고 차가웠던 말투는 부드럽고 따듯하게 변했다.

"제주는 어떻게 오디션 참가하게 됐어?"

"……."

"긴장했구나. 괜찮아, 긴장 풀어. 우리 잘할 수 있을 거야."

나는 서지에게 찰스 때문에 오디션 인터뷰를 봤다는 얘기를 꺼내지 않았다. 서지의 말은 온기로 꾸며져 있었으나 눈빛은 날카로웠다.

우리 조의 경연 곡은 금방 결정되었다. 서지가 먼저 후보 중 한 곡을 골랐고, 같은 소속사 연습생이 옆에서 너무 좋다며 소리를 질렀다. 나머지 참가자들은 별다른 이견이 없었다. 의견을 낸다고 해서 받아들여질 분위기도 아니었다.

문제는 그다음이었다.

나는 서지가 고른 곡을 알지 못했다. 참가자들이 돌아가면서 몇 마디씩 불렀는데, 내 차례가 되었을 때 나는 그저 흥얼거리는 척만 했다. 그때 나를 가만히 응시하던 서지가 첫 소절을 자신이 부를 테니 다음 소절을 불러 보라고 했다. 나는 순간 놀랐지만, 카메라가 앞에 있었기에 거절하거나 싫다는 티를 낼 수 없었다. 서지는 벌써부터 스타성이 있다며 트레이너들과 스태프들이 추켜세우는 참가자였다. 서지 자체가 어떤 영향력의 상징이자 대세의 흐름이어서 그 애의 말에 반하거나 대립각을 세우는 이는 없었다.

서지가 먼저 악보를 보며 노래를 가볍게 불러 냈다. 분명히 그 애가 잘 아는, 자신 있어 하는 곡이었다. 나는 전혀 알지도 못할뿐더러 좋아하지도 않는 곡이었다. 내가 할 수 있는 건 한 가지밖에 없었다. 서지가 부른 멜로디와 톤을 기억해서 되도록 유사하게 소리를 내는 것이었다. 그렇게라도 이 위기가 지나가기를 소망하는 수밖에.

하지만 생각처럼 쉽게 되지 않았다. 입을 떼자마자 음을 놓쳐 버린 탓에 바람 빠진 풍선처럼 허공으로 떠오른 소리가 움츠러들더니, 나를 바라보는 사람들의 시선 속으로 점점이 사라졌다. 나는 그런 시선에 익숙했다. 합창부에서 선생님이 내게 음이 맞지 않는다며 지적할 때마다 다른 단원들이 보냈던 눈길. 나는 괜히 목청을 가다듬었다. 성대에 문제가 있는 것처럼이라도 행동하지 않으면 안 될 것 같았다. 하지만 싸늘한 정적은 계속되었다. 얼굴이 붉게 달아오르는 게 느껴졌다. 그때 서지의 목소리가 들려왔다.

"제주는 이 곡 잘 모르는구나."

쾌활하게 웃은 서지의 양 볼이 움푹 패었고, 두 눈은 반달 모양이 됐다. 조원들이 모인 원 밖에서 지켜보던 카메라가 서지와 나를 함께 잡으며 다가왔다.

"있잖아, 이렇게 해 보면 어때?"

방금 내가 부른 부분을 서지가 다시 노래했다. 카메라 위쪽의 조명이 덥게 느껴졌다. 카메라를 밀쳐 내고 싶은 충동을 간신히 참고 있을 때, 천진난만하게 서지가 웃었다.

"할 수 있겠어?"

서지가 악보를 들어 내가 부를 파트를 짚었다.

"여긴 후렴구로 넘어가는 부분이니까 완급 조절을 잘 해 줘야 해."

서지가 노래한다.

"*조금씩 가까워진다면.* 이다음 소절에서 바로 다시 텐션을 가져와서……."

서지는 나를 의식하고 있지 않다. 카메라를 깊이 의식하는 말과 손짓. 서지는 강렬한 열의에 휩싸여 있다. 나는 옆에서 어깨를 움츠린 채 서지가 어떤 행동을 하든 받아들여야겠다고 생각한다. 기꺼이 그녀의 배경이 되기로 한다.

"*어색한 우리 사이 호흡.* 이다음부터는 반박자로 리듬감 있게, 늘어지지 않게 하는 게 중요하고. *거칠 것 없이 파고드는 너의 눈빛으로부터 멀어져, 멀어져.* 짧게 힘을 준 다음 다시 완급 조절하면서, *다가서면 겟 어웨이, 겟 어웨이, 하지만 포기하진 않지.* 이렇게."

가쁜 숨이 서지의 입술 사이에서 흘러나왔다. 뭔가를 성취했을 때 터져 나오는 기쁨의 숨이었다. 서지의 입술 한쪽이 움직이며 묘한 미소가 지어졌다.

"다시 해 볼래?"

서지가 그렇게 얘기했을 때 가슴 한쪽으로 예리하게 파고드는 날카로운 느낌이 있었다. 어떤 불안한 예감이었다.

"어서. 괜찮아, 제주야."

나는 악보 속에서 서지가 부른 멜로디의 음표들을 짚어 보려 했다. 읽을 수 없는 책을 거꾸로 들고 보는 기분이었다. 하얀 스튜디오 조명이 뜨거운 태양처럼 나를 내리쬈다.

조금씩 가……

한 마디를 다 부르지 못하고 고개를 들어 서지를 쳐다봤다.

구해 줘.

내 눈빛을 읽었을까. 시선은 나를 향해 있지만 서지는 나를 보는 게 아니었다. 나를 거울삼아 친절하며 음악적 감각이 뛰어나기까지 한 자신을 보는 것이었다.

나는 서지에게서 고개를 돌려, 옆에 있는 연습생들과 그 너머의 제작진을 훑었다. 하나같이 차갑고 무표정한 얼굴이다. 숨이 막혀 고개를 잠시 숙였다가 목청을 가다듬는다. 목이 움직이지 않는다. 어렸을 때 집 안으로 함부로 들어와 나를 내려다보던 사람들이 어서 나가라며 내게 손가락질을 하고, 계속 그렇게 노래 부르면 여기 있을 자격이 없다며 나를 다그치던 선생님의 사나운 지휘봉이 나를 찌른다. 넌 왜 그렇게 노래를 부르니. 이계영의 목소리가 귀에서 울린다.

"제주야."

그만, 나중에 하면 안 될까. 그렇게 얘기하고 싶었다.

"음을 그렇게 내면 안 되고……"

그 말을 듣자마자 나는 입을 뗐다. 입을 벌렸다. 어쩌면 미쳐 버릴 수도 있을 것 같았다. 부르자, 불러 버리자. 그래야 어떻게든 끝이 나겠지. 어떻게든 불러 내야 한다는 생각으로 소리를 냈지만 끊겼다. 처음으로 돌아가 다시 소절을 기억하며 부르기 시작했다. 침이 마른 입천장으로 소리가 다 흡수되는 것 같았다. 눈을 감았다.

눈을 감자 하얀빛이 아른거렸다. 악보에 내가 아는 음은 없었다. 내가 할 수 있는 건 서지를 흉내 내는 것뿐이었다.

눈을 떴을 때, 서지의 큰 눈망울이 먼저 보였다. 그 애의 눈가에 굵고 투명한 물이 차올라 있었다. 서지가 손을 눈 쪽으로 올리자 카메라가 가까이 다가갔다. 서지가 고개를 들어 눈물을 참는 듯이 천장을 바라봤다.

"제주야……."

이내 고개를 내린 서지가 내 손을 잡았다. 서지의 얼굴로 굵은 눈물이 흘러내렸다.

"너 꼭, 내 예전 모습 보는 것 같아."

그날의 모습은 그대로 방송에 나왔다. 나는 집에서 화면이 깨진 휴대폰으로 방송을 봤다. 방송에 비친 나는 무기력하고 음악에 무지한 사람이었다. 같은 조에 속한 연습생들이 차례로 인터뷰를 하며 나에 대해 말하는 장면이 이어졌다.

어떤 연습생은 "아, 제주는……."이라고만 하고 고개를 푹 숙였다. 절망적이라는 얘기를 차마 할 수 없어 온몸으로 전하는 것 같았다. "미션 잘 해낼 수 있을지 걱정이 됐어요." 다른 연습생은 그렇게 말한 다음, 염려스러운 눈빛으로 카메라를 응시했다.

그리고 이어지는 장면에 내가 있었다. 자신 없는 표정으로 악보를 들고 서성이는 모습으로. 내 옆으로 서지가 다가왔다. 악보를 짚어 가며 설명해 주는 서지의 모습은 완벽한 연습생의 모습이었다. 아무것도 제대로 해내지 못하는 나와 그런 나를 가르쳐 주는 서지의 모습이 대비되고 있었다.

곧이어 서지의 인터뷰 장면이 나왔다.

"제주가 목소리나 재능은 되게 좋은데, 표현을 좀 못 하는 것 같더라고요."

내 이름이 서지의 입으로 불리자 마음이 땅 밑으로 푹 꺼지는 기분이 들었다. 서지는 인터뷰를 하면서 그때처럼 다시 손으로 한쪽 눈가의 눈물을 닦아 냈다. 그러고는 한동안 말을 잇지 못하다 누군가 건네준 손수건으로 얼굴을 덮었다.

"내가 왜 이러지. 원래 진짜 안 이러는데."

손수건을 얼굴에서 떼어 내며 서지가 목청을 가다듬었다.

"처음 연습생 생활 하던 때가 생각나서……."

거기까지만 할 줄 알았다. 그 얘기를 할 줄은 정말 몰랐다.

"제주가 악보를 못 읽으니까."

'내가 얘기했잖아. 언젠가는 사람들이 알게 될 거라고.' 나를 원망하는 내 안의 목소리가 마음 깊숙한 곳에서 들려왔다. 가면이 벗겨지고 민낯이 드러나는 느낌이었다.

눈물을 손바닥으로 닦아 낸 서지가 입을 떼는 모습이 보였다.

"그게 되게 안쓰럽더라고요."

2

학교 가는 길에 만난 같은 학년 단원인 혜주에게서 선생님이 나 때문에 무척 화가 났다는 얘기를 들었다. 왜 선생님이 화가 났는지 물어보자 얼굴빛이 변한 혜주는 대답하지 않고 피했다.

나는 음악실로 들어가기 전에 메시지를 보내 재현을 불러낸 뒤, 차양이 드리워진 운동장 스탠드로 향했다. 조금 뒤에 재현이 걸어 올라왔고 나는 혜주가 말한 얘기를 물었다. 선생님이 나 때문에 화가 났다는 얘기.

"화가 난 건 아닌 것 같고⋯⋯."

재현이 말했다. 나는 재현이 내게 먼저 말해 주지 않은 것이 서운했다.

"성악 전공할 애들 몇이 선생님과 면담이 있어 찾아갔는데, 선생님이 오디션 프로그램 나온 게 네가 맞느냐고 물었대."

"그래서?"

"응?"

"또 뭐라고 했다던데?"

재현의 어깨가 올라갔다가 털썩 내려앉았다. 떼를 쓰는 어린아이처럼 나는 몸을 웅크린 채 꼼짝도 하지 않았다.

"화내지 않을 거지?"

어쩔 수 없겠다는 듯 체념한 말투로 재현이 물었다. 나는 고개를 끄덕였지만 이미 마음은 그을릴 대로 그을린 상태였다.

"천박……하다고."

그 말을 듣는 순간이었다. 합창부를 관둬야겠다고 생각한 게.

"무시해, 그냥. 얘기하지 말걸 그랬다."

굳은 내 표정을 보고 재현이 내 손을 잡아당겼다. 나는 재현의 손에서 내 손을 빼냈다.

"너도 그래?"

"어? 무슨 뜻이야?"

"너도 내가 천박해 보였어?"

이미 고장 난 마음이 내 뜻과 상관없이 질주를 시작한 것 같았다.

"그럴 리가. 난 제주 네가 되게, 달라 보였어."

재현은 누군가 옆에서 발을 밟아도, 옷에 음료수를 흘려도, 급하게 버스에서 내리는 사람에게 사납게 밀쳐져도 화 한번 낼 줄을 몰랐다. 모든 게 괜찮다고 말하는 아이. 그런 재현이 갑자기 징그러워졌다.

"버려진 빈 캔처럼 서 있던 거, 넌 못 봤어?"

그 말을 하는데 가슴이 베인 듯 아팠다. 자학하듯 재현에게 쏘아붙이고 있다는 걸 알았다. 상처를 주고 싶은 건, 다름 아닌 나 자신이었다. 나는 내가 싫어졌다.

"제주야, 그렇게 생각하지 마."

재현은 나를 인내하지만, 나는 나를 학대하는 방식으로 그 애에게 상처를 주려고 한다. 그만두고 싶지만 마음대로 되지 않는다.

"괜히 위해 주는 척하지 마."

나는 조금 더 잔인해지고 싶었다.

"속으로는 너도 다른 애들과 똑같이 나를 씹잖아. 안 그래?"

"제주야……."

"음악 선생이 나한테 화난 거 즐기면서 너희들끼리 웃고 떠들잖아!"

감정이 넘치면 제어를 할 수 없다. 나는 내가 받은 상처만큼 누군가에게 돌려줘야 했다. 그러지 않으면 스스로를 해하고 싶어졌다. 내가 살기 위해서 곁에 있는 이에게 상처를 주기 때문에 나에게는 친구가 없다.

재현이 벌떡 일어나 학교 건물 쪽으로 돌아갔다.

─방송 봤다.

아빠에게서 메시지가 왔다. 본방 챙겨 보는 사람이 아닌데, 아마 응수 아저씨가 방송 시간을 귀띔해 줬을 것이다.

─다리는?

─화면발 잘 받더라.

잘 알지도 못하면서. 나는 문자판에서 손을 떼고 중얼거린다.

─목발은?

—이왕 하는 거 잘해 봐.

　안 하던 말을 하는 아빠가 낯설다. 술을 마신 게 분명하다.

　—술 먹었어?

　—거기 출연했다는 것 자체가 대단한 거야.

　아빠와는 통화로는 어색하고 메시지로는 소통이 잘되지 않는다. 아빠는 자기 할 말만 한다. 아빠에게서 메시지가 하나 더 왔고, 그걸 보자 마음이 갑자기 사나워진다.

　—열심히 해서 한번 이겨 봐.

　나도 모르게 드는 아빠에 대한 거부감. 아빠에게는 언제나 승리가 중요했다.

　어렸을 때부터 아빠는 내 곁에 없었다. 아빠가 자신의 승부에 집착하는 동안 나는 늘 어딘가에 맡겨져야 했다. 그곳은 친척 집이 되기도 했고 이웃집이기도 했으며 아빠의 친구가 운영하는 숙박업소가 되기도 했다. 아빠는 나를 맡길 때는 항상 서둘렀고, 떠날 때는 한 번도 뒤를 돌아보지 않았다. 한번은 아빠가 나를 고모 집에 맡기면서 챙겨 준 짐에 속옷이 없던 때가 있었는데, 나는 그 얘기를 차마 누구에게도 하지 못하고 아빠가 돌아올 때까지 속옷을 갈아입지 못한 채 지낸 적도 있었다.

　아빠에게 나의 성장은 더뎌 보이는 듯했다. 아빠가 돌아오면 나는 어제보다 큰 사람이 되어 있었는데, 아빠는 체감하지 못하는 것 같았다. 커 가는 건 내 몫이었고, 아빠는 이기는 것만이 중요한 세계에 존재할 뿐이었다.

　어느 순간부터 아빠는 집에 돌아와 자기 방에만 머물렀다. 아빠는 내가 필요로 할 때는 곁에 없었고, 어쩌다 집에 돌아와서도 그저 문을 닫고 자는 일이 많았다. 내가 자라나는 시간은 아빠와 멀어지는 시간이었다.

가끔 나는 내 안의 우물을 향해 소리친다. 아빠가 내게 준 건 아무것도 없으므로 나는 아빠에게 빚이 없다고, 아빠가 어떻게 살든 상관없다고 외친다. 그런데 그러고 나면 어쩐 일인지 그 말들이 메아리가 되어 돌아와 마음을 괴롭히고 아프게 했다.

나는 아빠에게 보낼 말을 찾지 못하고 휴대폰을 그대로 주머니에 집어넣었다.

"네 아빠 꽤 대단한 선수였어."

간혹 격투기에 관심 있는 친구들이 그렇게 말하고는 했지만, 아빠가 내리 연패를 당하다가 유명한 격투기 단체에서 퇴출된 선수라는 걸 아는 사람은 드물었다. 그 단체 소속으로 출전한 마지막 경기에서 아빠는 등을 돌린 채 도망 다니다가 실격 처리가 되었다. 내 기억 속에 아빠가 승리를 거둔 장면은 없다.

이기는 게 어떤 것인지 나는 알지 못한다.

"권제주! 남들 부르는 대로 하지 말고 네 소리를 내라고!"

피아노 앞에 앉아 있는 이계영이 나를 향해 목소리를 높였다. 내가 가장 좋아하는 소절이었다. 자신 있게 노래할 수 있는 부분. 누군가 음을 틀리게 낸다면 내가 집어낼 수 있을 정도로 잘 아는 부분이었다. 한 번도 거기서는 틀리게 음을 낸 적이 없다.

"너만 지금 음이 이탈하잖아. 너만 튀어서 노래가 아주 걸레 같아진다고."

이계영은 내가 선생님에게 자주 지적을 받는다는 걸 잘 안다. 마치 선생님처럼 나를 다루려는 이계영은 점점 선생님을 닮아 갔다. 말을 거칠게 하며 잘 웃지 않았고, 얼굴엔 핏기가 없었다. 예민하고 건조한 음성으로 자주 짜증을 부렸다.

"그쪽 파트만 일어서서 다시 해 봐."

일어서라는 말에 몇은 앞자리에 걸치고 있던 발을 내렸고, 다른 몇은 서로 눈치를 살폈으며, 한 명은 나를 노려봤다.

"일어서라니까!"

이계영이 빽 소리를 지르고 나서야 한두 사람씩 일어났다. 나는 뻣뻣한 자세로 마지막에 일어섰다. 단장이 되고 나서 단원들에게 함부로 대하는 게 권리인 것처럼 행동하는 그녀에게 저항하려는 마음이 없지 않았고, 무엇보다 나는 이번만큼은 틀리지 않았으니까.

"한 번 더. 자, 둘, 셋." 하며 이계영은 중단했던 부분의 반주를 다시 쳤다. 하지만 일어선 단원들이 노래를 시작한 지 얼마 안 돼 이계영은 팔을 짜증스레 휘저었다.

"야, 권제주."

또 나를 지적하기에 신경이 곤두섰지만 잠자코 있었다.

"악보를 못 보니까 자꾸 남들이 부르는 음을 흉내 내는 거 아냐. 그러니까 정확한 음을 못 내지. 미리 좀 공부를 하고 연습해 와. 자꾸 루스하게 만들지 말고. 다른 파트 연습 시간까지 네가 까먹고 있잖아!"

이계영의 목소리가 홀로 음악실에 울렸다. 소리가 침묵 속에 흡

수되듯 사라져 버리고 나서는 정적이 찾아왔다. 단원들이 이계영과 나를 번갈아 쳐다보는 게 느껴졌다. 말을 해야겠다고 생각했다. 이번에는 내가 아니라고. 난 틀리지 않았다고. 눈 감고도 정확하게 부를 수 있다고.

"난……."

"자꾸 제주만 붙잡고 뭐라 하지 마."

내가 말하기 전에 재현이 나섰다. 이계영이 보면대 옆으로 고개를 내밀어 재현이 있는 쪽을 바라봤다.

"뭐?"

"너무 몰아세우지 말고, 시간을 좀 줘."

"야, 연습이 안되니까 그렇지."

이계영이 답답하다는 듯 한숨을 뱉어 냈다.

"이러면 우리 연습 못 해. 구재현, 네가 나한테 뭐라고 해선 안돼. 애들 연습시키는 건 내 역할이야. 선생님이 나한테 단장 역할을 맡겼잖아."

"연습하는 걸 두고 뭐라는 게 아니라 제주한테……."

"네가 뭔데 끼어들어!"

끝날 기미가 없이 오가던 둘의 공방이 순간 멈췄다. 이계영은 재현을 흘겨보며 가쁜 숨을 몰아쉬었다. 재현은 표정 변화 없이 그저 앞을 바라보고 있을 뿐이었다.

"……그만하자."

재현의 음성이 베일 듯 날카로웠다. 그렇게 무표정하고 차가운 얼굴은 처음이었다.

"먼저 시작한 건 너 아냐?"

이계영이 묻는 말에 재현은 아무 대답도 하지 않았다. 그러자 이계영이 성큼성큼 앞문을 향해 걸어 나갔다. 한 차례 재현을 노려본 이계영이 문을 열었다. 복도 창으로 들어온 밝은 빛이 이계영의 얼굴을 비추는가 싶더니 사납게 문이 닫히는 소리가 들렸다.

재현은 고개를 숙인 채 말없이 앉아 있었다. 나를 향해 한 번쯤 고개를 돌려 주길 바라며 기다렸지만 그러지 않았다. 일어서서 재현에게 다가가 위로해 주고 싶었지만 아무것도 할 수 없었다. 나 때문에 벌어진 일이기도 했고, 재현과 서먹해진 상태이기도 해서 선뜻 용기가 나지 않았다.

조금 뒤 선생님이 앞문을 열고 들어왔다. 반쯤 열린 문 틈새로 이계영이 서 있는 모습이 보였다. 가만히 지켜보던 나와 고개를 든 그 애의 시선이 맞닿았다.

"연습이 잘 안되고 있나 봐?"

선생님이 단원들을 훑어보며 물었다.

"재현이가 반장이니까 한번 대답해 볼래?"

재현은 고개를 숙인 채 아무 말도 하지 않았다.

"얘기를 해 보라니까 왜 대답을 안 해, 응?"

선생님은 재현에게 말을 했는데 내가 괜히 긴장되어 양손에 땀이 찼다.

"나 없이 연습할 때는 누구를 따라야 한다고 했지? 전주연, 전하윤, 김지우, 대답해 봐."

"……단장요."

지목된 파트장들 중 한 명이 대답하자 나머지도 쭈뼛거리며 똑같이 대답했다.

"단장이 누구니?"

"계영이요."

희미하게 울리는 목소리로 이번에는 세 명이 동시에 대답했다.

"근데 지금 단장 말을 잘 안 듣잖아. 계영이가 자기 공부할 시간 쪼개서 합창부 연습 맡고 있는데 힘들겠다는 생각은 안 해 봤니?"

얼마 전까지만 해도 이계영에 관해서라면 언급조차 꺼림칙해하던 선생님이었다. 그런데 이제는 모두가 이계영에게 맞춰 줘야 한다는 식으로 말하고 있었다.

"암튼 오늘부터는 단장이 연습시킬 때 잘 참여하지 않거나 태도가 안 좋은 단원은 공식적인 무대에 서지 못하게 할 거야. 단장한테 대드는 건 나한테 대드는 거나 마찬가지야."

앞문 틈 사이에서 이쪽을 바라보는 이계영의 눈빛이 날카롭게 빛났다.

"공지한 대로 9월에 우리 학교 백 주년 기념 연주회 열리는 거 잘 알고 있을 테지. 중요한 분들이 학교에 많이 찾아오시고 방송사에서도 촬영을 한다고 하니까 준비를 단단히 해야겠지?"

선생님이 보면대 위에 흐트러져 있는 악보들을 모아서 정리한 다음 피아노에 기대섰다.

"그리고 거기 너, 방송 나간다고 하던데?"

선생님이 팔짱을 긴 채 나를 향해 시선을 뻗었다.

"아이돌 뽑는 방송이라며?"

선생님이 엷게 웃으며 물어서 혹시나 했지만 아니었다. 나를 칭찬하기 위해 묻는 게 아니었다. 비아냥거리는 말투였다.

"야, 거기 나가려면 합창부에 들어오지 말았어야지. 그런……."

선생님이 어느새 팔짱을 풀고 나를 노려봤다. 그의 검은 눈동자가 흔들림 없이 나를 바라보고 있었다. 나는 입술이 말라붙어 오므라들었다.

"주제에 무슨……."

자기 분을 못 참겠다는 듯 선생님은 말을 맺지 못하고 한숨을 쉬었다. 선생님의 얼굴이 혐오스러운 걸 본 것처럼 일그러졌다.

누군가의 입에서 큭, 하는 웃음이 터져 나왔다. 그러자 그 주위 단원들 사이에서 가벼운 웃음이 번졌다. 웃음은 비난이 되어 내 귓속으로 파고들었다. 너 같은 애가 무슨 그런 데를 나가. 넌 자격이 없어.

선생님이 한 손으로 잡은 지휘봉을 기지개를 켜듯 올리더니 머리 너머로 돌려 어깨에 걸쳤다.

"악보를 못 읽는다며."

끝내 선생님의 입에서 그 말이 나왔다. 나는 차마 선생님을 바라보지 못하고 고개를 푹 숙였다.

"방송 봤다는 누가 그러던데? 나는 안 봐서 모르겠지만."

어쩌면 선생님이 나를 알아봐 줄 수도 있겠다는 생각을 했다. 그런 방송에 나갈 생각을 어떻게 했니? 좀 부족한 면이 있지만 열심히 해 봐. 응원할게. 그런 말들을 상상했다. 하지만 언제나 그렇듯, 내가 품은 기대가 그대로 되는 일은 없다. 기대는 항상 내게 상처를 준다.

"하는 건 네 마음인데, 합창부 얘기는 꺼내지 마라."

선생님이 지휘봉을 아래로 뻗어 자신의 발끝을 툭툭 쳤다.

"창피하니까."

나는 선생님이 하는 말들을 묵묵히 주워 담으면서 이 시간이 지나가기를 간절히 바랐다. 말없이 앉아 있는 단원들이 모두 선생님의 말에 동의하는 것처럼 느껴졌다. 다 같이 내게 손가락질을 하는 듯했다.

선생님이 혀를 차며 내게서 고개를 돌렸다.

"각 파트에서 여섯 명까지만 백 주년 기념 연주회 무대에 선다. 큰 무대에는 주로 2학년들이 섰는데, 이번에는 2학년들도 좀 긴장을 해야 할 거야. 학년 구분 안 하고 실력 위주로 뽑을 테니까."

말을 마친 선생님이 두 팔을 들어 올렸다. 단원들이 모두 일어섰다.

"오늘 연습한 거 있지? 한번 해 보자. 자, 첫 음 준비."

선생님의 말에 단원들이 자세를 가다듬었다. 누군가 목청을 고르느라 기침을 했고, 미리 첫 음을 내는 이도 있었다. 나는 여기저기서 들리는 소리에 헤매듯 귀를 기울였지만, 알맞은 소리를 가늠할 수 없었다. 이미 머릿속이 혼란스러운 상태였다.

3

—괜찮아?

웬일로 정빈이 먼저 메시지를 보냈다.

—응, 왜?

—왜긴. 걱정되니까 그렇지.

—웬 뜬금없는 걱정.

내 걱정은 말고 너나 잘하라고 쓰다가, 정빈이 보낸 메시지를 보고 모두 지웠다.

—혹시, 오디션 클립 영상 댓글 봤어?

—뭔데.

—아냐.

—뭔데 그래.

얘기를 걸어 놓고 말을 안 하니 답답해졌다. 정빈을 대할 때마다 나는 목구멍에 빵을 잔뜩 욱여넣은 다음 물을 찾는 기분이 된다.

—미안. 괜히 얘기했네. 안 봤으면 보지 마.

—야, 뭔데?

내가 보낸 메시지에 더 이상 답이 없었다. 정빈은 항상 자기 편할 대로 하는 아이니까. 멋대로 걱정된다고 했다가 미안하다고 하는 게 영 마음에 들지 않았다. 정빈의 말을 그냥 넘기려 했지만 자꾸 신경이 쓰여 결국 오디션 클럽 영상을 검색했다. 하나씩 훑어보다가 눈물짓는 서지의 얼굴이 클로즈업된 섬네일에 손가락을 가져갔다. 영상이 재생되는 동안 댓글 창을 빠르게 넘겨 봤다.

심하게 깨진 휴대폰 화면의 중간 부분은 글씨가 잘 보이지 않아 피해서 봐야 했다. 댓글에 중독된 사람처럼 삽시간에 빠져들었다. 나에 대해 나쁘게 쓴 얘기를 전부 다 확인하고야 말겠다는 이상한 오기가 나를 헤어날 수 없게 만들었다. 그렇게 한참을 살펴보다 결국 어느 순간 토할 것 같은 기분이 들었다. 점점 손이 떨려 제대로 넘겨 볼 수가 없을 지경이었다. 숨을 가쁘게 몰아쉬다가 나는 고개를 떨어뜨렸다. 나를 향한 악플들이 휴대폰을 보지 않아도 머릿속에서 선명히 재생됐다.

적어도 다른 연습생한테는 피해가 안 가게 해야지. 웬 민폐충. / 어휴, 애잔하다. 진짜 미치겠다. ㅠㅠ / 도와주는 서지가 스트레스 오질 듯. / 기본적인 것도 모르는데 오디션 참가하는 게 의미가 있냐? 개쪽팔려. / 내가 다 민망해. 노래는 쟤가 못 부르는데 왜 부끄러운 건 나지. / 진심 꺼졌으면 좋겠다. / 저 얼굴로 아이돌 한다고? / 서지 앞에서 뇌절 끝도 없다. 저러려고 오디션 나왔냐? / 진심 빡친다. / 진상 레전드 탄생이요. / 권제주 답 없다, 진짜.

사람들의 말이 몸속으로 들어와 세포들을 모두 빨아들이는 기분이었다. 그 말들이 빨판처럼 나의 모든 것들을 움켜쥐고 흔들고 있었다. 나는 참기 힘든 심정이 되어 앱을 닫고 휴대폰을 방바닥에 아무렇게나 던져 놓았다.

그랬지. 그게 나였지.

그런 자책이 나를 찾아와 파도처럼 덮쳤다. 나에게 새로운 가능성이란 있을 수 없는 것이었다. 남들처럼 연습생 생활을 오래 한 것도 아니면서 그저 돈을 바라고 뛰어들었다는 생각이 마음속에 생채기를 냈다. 그럴 만한 자격이 있을까 의심하면서도 남몰래 품었던 작은 꿈은 한낱 위조품처럼 허망한 것이었다.

원하지도 않은 얘기를 괜히 꺼낸 정빈을 원망하다가 나는 알았다. 상처받은 만큼 미워할 대상을 찾고 있다는 것을. 그런데 사실 내가 가장 미워하고 싫어하는 대상은, 다름 아닌 나였다.

그다음 회 방송에서도 서지와 나는 이야기의 주인공이었다.

"꼭 제 예전 모습 같아서, 도와주고 싶었어요."

서지의 콧잔등 위로 흘러내리는 굵은 눈물방울을 나는 무신경하게 바라보았다. 화면이 인터뷰 장면에서 연습 장면으로 바뀌고, 어색하게 쭈뼛거리며 서지에게서 눈을 떼지 못하는 내 모습이 나온다. 서지가 노래하는 대로 따라 부르려는 나는, 뭘 하면 할수록 우스꽝스러워지는 모습이었다.

"어렸을 때부터 그저 노래하고 춤추는 게 좋았어요."

다시 서지의 인터뷰 장면이 나왔다가 화면이 전환되고, 서지의 어린 시절 춤추는 모습이 담긴 영상이 재생됐다. 몇 번 연습하지 않은 포인트 안무를 군더더기 없이 해내는 서지를 향해 경탄하는 트레이너의 모습이 등장한 뒤에는, 다시 서지의 인터뷰 장면으로 넘어갔다.

"어렸을 적 꿈이 이제 현실로 다가오는 것 같아요."

서지의 꿈은 내가 놓친 꿈 같았다. 꿈을 잃은 빈 마음은 가물어 말라 버린 강바닥처럼 황폐해졌다. 꿈조차도 가질 수 없다는 걸 알게 되는 순간이었다.

다시 나타난 연습 장면에서, 서지가 나를 바라본다. 내가 연습하는 모습을 안타까운 표정으로 쳐다보는 서지를 카메라가 오랫동안 응시한다.

"조 미션 때는 아무래도 제주가 제일 걱정되죠. 기초가 많이 부족한 상태니까…… 그걸 극복하는 게 가장 중요할 것 같아요."

또다시 연습 장면이 나온다. 서지 옆에는 내가 있다. 참가 자격조차 의심되는 참가자를 위해서 자신의 시간을 할애해 낙오되지 않고 함께할 수 있도록 이끌어 주는, 음악성이 풍부하며 리더십이 뛰어난, 부드러우면서도 세련된 외모를 가진, 대형 기획사의 준비된 신인인 서지가 거기 있었다.

"거기 그 부분은 끊지 말고 끝까지 음을 끌어야지. 한번 해 봐."

서지가 요구하는 대로 나는 노래를 부른다. 나는 안다. 사람들이 내게 기대하는 것은 빼어난 노래 실력을 보여 주는 연습생의 모습이 아니다. 불안한 음색과 음정으로 자신 없게 노래하며 벌벌 떠는,

음악에 무지한 연습생의 모습이다. 이상하게도 나는 그 역할을 제대로 해내야겠다고 생각해 버린다.

"음이 떨어지네. 여기서 음을 이을 때 앞부분에 힘을 주고 부드럽게 넘겨야 해. 이렇게."

내가 노래한 부분을 서지가 다시 불렀다. 시종일관 여유롭고 미소 가득한 얼굴로. 곤혹스러운 표정을 떨쳐 내지 못하는 나와 느긋한 서지의 모습이 계속해서 대비되었다.

다시 서지의 인터뷰 장면이 이어졌다.

"제주가 악보를 잘 못 읽는데, 옆에서 제가 도와주니까 조금씩 해내는 게 뭐랄까⋯⋯."

울컥해 말을 잇지 못한 서지가 손을 올려 한쪽 눈가 끝부분을 닦아 냈다.

"기뻤어요."

눈물이 어린 서지의 눈동자가 조명에 비쳐 빛났다. 뭔가를 깨닫고 해냈다는 기쁨이 그 애의 얼굴에 서려 있었다.

"제가 옆에서 좀 더 알려 주고 애쓰면 되는 거였어요."

나는 서지의 완벽한 배경으로 기능하고 있었다.

—방송 봤니?

찰스의 메시지였다. 나는 바닥에 쓰러지듯 누운 채로 휴대폰을 올려다봤다.

—네.

—편집이 좀 악의적이더라. 너무 서지 쪽으로만 편중돼서.

—그러게요.

찰스는 더는 말이 없었다. 나는 화면이 꺼진 휴대폰을 바라보았다. 찰스의 메시지가 도착할 때까지 그곳만을 노려볼 작정이었다. 무슨 말이든 필요했다. 그게 위로든 빈말이든 상관없었다.

—너도 잘 좀 하지 그랬어.

비가 오는지 빗물이 차양에 떨어지는 소리가 들렸다.

—네?

—악보를 못 읽을 줄은 몰랐어.

—아…… 죄송해요.

메시지를 보내고 난 다음에야 이게 사과할 일인가 싶었다.

—이제 넌 끝났어. 여기까지야.

머리카락이 곤두섰다. 피가 거꾸로 솟는 것 같았다.

—하라고 해서 한 거잖아요.

—뭐여, 이젠 내 탓까지 하는 거? 누가 민폐충 아니랄까 봐.

민폐충. 나는 그 단어를 무심코 되뇌었다.

—말조심하세요.

—내가 좀 가르쳐 줘? 이건 비즈니스야. 사람들에게 그럴싸한 꿈을 파는 거지. 근데 사람들이 널 보고 무슨 꿈을 꾸겠니. 악보 하나 제대로 읽지 못하는 너를 보면서 무슨 꿈을 꾸겠냐고. 야, 따지고 보면 나도 너한테 당한 거나 마찬가지야. 알아? 일종의 사기라고, 사기.

나는 바닥에서 벌떡 일어섰다.

—날 돈벌이로 생각했잖아요. 게다가 내 돈도 안 갚고. 줄 생각도 없고!

코너에 몰리게 되면 드러나는 습성이 있다. 사나워지는 거다. 그나마 있는 걸 빼앗기지 않으려면 싸워야 한다. 보호해 줄 사람이 없기 때문에 스스로 싸우지 않으면 뺏기는 걸 피할 수 없다. 털이 곤두선 모습을 보여 주고 으르렁거려야 한다. 그래야 함부로 못 한다.

—돈? 그거 겨우 이십만 원?

비가 번개를 동반하는지 파란빛이 방 안에 점멸했다.

—네 메이크업, 스타일링, 옷, 사진. 그 비용은 다 누가 내니? 이게 좀 추켜세워 줬더니 아주 가관이네.

길바닥에 웬만큼 빗물이 찼는지 점벙거리는 소리가 크게 들렸다.

손이 떨렸다. 온몸이 증오의 기운으로 떨렸다. 모든 것이 엉망진창이었다. 나는 손가락에 힘을 줘서 문자판을 눌렀다.

—개새끼.

내가 가진 힘은 그런 것밖에 없었다. 무작정 지르고 마는 오기 같은 거.

그리고 연이어 도착한 찰스의 메시지.

—미친년.

내가 아빠에게 소리를 지르고 있었다. 아빠, 아빠. 뒤를 돌아본 아빠는 내게 말한다. 제주야, 넌 기회를 놓쳐 버린 거야.

눈을 뜨고 나서야 꿈이라는 걸 알았고, 창밖에는 여전히 비가 내리고 있었다.

문득 선득한 기분이 들어 이불 주위를 더듬거렸다. 휴대폰을 들어 가까이 가져왔다. 켜진 액정 화면이 어둠을 밝혀 주었다.

나는 서지를 생각했다. 서지가 나에게 했던 그 행동들이 위선적이기만 했을까. 조금의 진심도 없었을까. 나는 혼자 묻고, 없었다고 스스로 대답한다. 내가 아는 서지는 이제 없다. 모두가 그렇게 내게서 사라졌다. 문득 재현도 곧 그렇게 될 거라는 생각이 들자 조금 서글퍼졌다.

마찬가지의 삶. 나아질 게 없고 나아진 적도 없는 삶. 음악 선생님의 말대로 정확한 음을 모르고 갈 길을 모르며 가야 할 길은 더더욱 모르는 삶. 의미라고는 찾을 수 없는 삶. 하지만 노래를 향한 열망만큼은 내내 끓어오르고 있었다. 그래서 찰스가 오디션 프로그램에 참가해 보자는 말을 꺼냈을 때 거절하지 못했다. 그 결과가 오늘의 절망이라는 걸 알았다면 나는 오디션에 참가하지 않았을 것이다.

그날 오후 정빈에게서 만나자는 메시지가 왔다. 누굴 만날 기분은 아니어서 다음에 보자고 했지만, 정빈은 이번에는 자기 차례라고 했다.

一지난번에는 네가 먼저 만나자고 했잖아.

나는 잠시 고민하고 나서 답장을 보냈다.

一무슨 일 있어?

몇 분 정도 지난 뒤 정빈의 메시지가 도착했다.

一찰스한테 까였어.

4

천장을 쳐다보면, 선생님이 지휘를 할 때 올라서는 연단 바로 위 천장을 올려다보면, 유난히 그 주위에만 크고 작은 실금이 가 있었다. 나는 가끔 고개를 들어 천장의 무수한 실금과 실금 사이로 어지럽게 번진 곰팡이를 바라봤다.

선생님은 파트 연습을 시킬 때마다 한 명씩 일어나 노래를 부르게 했다. 그때마다 나는 러시안룰렛 게임을 하는 것 같은 심정이 되었다.

"왜 자꾸, 왜 자꾸 틀리니, 너만!"

선생님은 내가 음정을 틀리면 핏대를 세우며 지휘봉을 일직선으로 들어 올렸다. 천장에 닿은 지휘봉이 활처럼 휘어 구부려졌고, 실금에서 묻어 나온 하얀 부스러기가 공중에 날렸다.

점점 심해지는 균열이 천장을 무너뜨리지 않을까 걱정이 되어 위를 올려다보는 게 습관이 됐다. 볼 때마다 더 많아지는 실금들을 보며 문득 완전히 무너져 버리면 어떨까, 하는 생각이 들기도 했다.

그 균열은 나 때문일까. 합창부에 어울리지 않았던 내가 들어와 생겨난 균열일까. 천장의 균열이 웬지 모르게 내 탓 같았다. 합창부를 그만두고 싶다는 생각이 들었다. 다 그만두고 상관없어지고 싶었다. 단원들 속에서 나만 외딴섬으로 존재하는 느낌. 그런 기분이 들 때마다 심정적으로 완전히 분리되고 싶은 마음이 들었다.

"아빠는 맞는 게 겁 안 나?"

그렇게 물었던 적이 있다. 그때 아빠는 곤란한 표정을 지었다.

"극복하면 돼."

아빠는 대충 그렇게 대답했던 것 같다. 감정이 드러나는 말을 아빠는 싫어한다.

"어떻게?"

아빠가 나를 내려다보았다. 왜 자꾸 그런 걸 캐묻느냐는 듯이 귀찮아하는 얼굴로.

"직면하는 거야. 아빤 쥐가 무서우면 있잖아, 쥐가 있는 곳으로 들어가서 문을 닫아. 그리고 쥐가 나타날 때까지 기다려."

"기다려?"

"그래, 나타나면 딱 마주 보는 거야. 절대 소리를 지르거나 도망가지 않고. 그런 순간을 넘기면, 결국 쥐를 안 무서워하게 돼."

아빠가 큰 손을 공을 잡듯 벌려 내 머리에 얹고는 힘주어 말했다.

"맞는 게 무서우면 맞아 보면 돼. 두렵다고 피하면 결국 넘어설 수 없으니까."

그때 아빠에게 들었던 말이 왜 지금 떠오르는지 알 수 없다. 직면하지 않으면 극복할 수 없다는 아빠의 말이 점점 내 감정을 북돋는다. 나는 실금이 퍼진 천장을 올려다본다.

무너져 보자.

그렇게 속삭였다. 차라리 무너져 보자고. 무슨 일이라도 생겨나도록. 마음에 성한 구석이 없었다. 생채기가 날 곳조차 없었다.

"음을 좀 떨어뜨리면 안 돼요?"

천장을 향해서 무심코 내뱉은 말이었다. 누군가 급하게 내 옷깃을 잡아당겼다. 선생님이 악보를 넘기는 소리가 멈추었다.

"누구니? 그런 소리를 하는 사람이?"

선생님의 굵고 단단한 목소리가 음악실의 소음을 모두 잡아먹었다. 천장을 향해 있던 고개를 내렸을 때는 이미 선생님의 시선이 내게 도착해 있었다.

"너니?"

선생님이 나를 턱으로 가리키며 말했다.

"넌 제대로 된 음이 뭔지도 모르잖니."

선생님의 거친 음성이 나를 향해 날카롭게 날을 세웠다.

"조금만 잘못해도 저를 너무 몰아세우시잖아요."

황당하다는 듯 입을 벌린 채 나를 바라보는 선생님을 앞에 두고, 나는 괜한 말을 했구나 싶었다. 역시 아빠의 말은 귀담아들을 게 아니다.

"처음 들어올 때 내가 분명히 얘기했을 텐데. 여기 자습이나 하면서 자도 되는 동아리 아니라고."

딱딱딱딱. 선생님이 지휘봉으로 보면대를 두드리면서 말했다.

"너 같은 애들이 다 망치는 거야. 실력도 없으면서 태도마저 좋지 않은 애들."

"음을 틀리게 내는 게 죄는 아니잖아요."

내내 마음속에 머물던 말이었다. 음을 틀릴 때마다 늘 죄책감을 느꼈다.

"죄야, 나한테는!"

선생님이 얼굴을 붉히며 외쳤다. 죄를 짓는 사람. 선생님의 기준에서 나는 그런 사람인 모양이었다. 그때, 선생님이 내리친 지휘봉이 보면대 모서리를 비껴 맞고 튕겨져 나갔다. 선생님은 조각나 버린 지휘봉을 물끄러미 바라보았다. 항상 매끈하게 넘기던 머리카락이 함부로 흐트러져 있었다. 선생님이 화를 내는 이유를 이해하지 못할 바도 아니었다. 나는 그가 만들어 놓은 세계의 규율과 원칙을 흔드는 방해꾼이었으니까. 음을 반음씩 떨어뜨리는 징그러운 존재였으니까.

선생님이 쪼개져 사방으로 튄 지휘봉 조각들을 주워 든 다음, 내 앞으로 다가왔다.

"넌, 네가 그러는 게 정말 괜찮다고 생각하니? 네가 다른 단원들한테 민폐를 끼치고 있다는 생각은 들지 않아?"

그때 문득 다른 시선들이 느껴졌다. 조심스럽게 고개를 돌리자 무표정하게 나를 바라보는 단원들의 얼굴이 하나씩 보였다. 어떤 시선은 나를 피해 멀어졌고, 어떤 시선은 원망의 눈빛을 보냈다. 나를 비하하는 댓글을 남긴 사람들의 표정이 어쩌면 저럴 수 있겠다는 생각이 들었다.

"일어서 봐."

나는 선생님의 말을 따라 천천히 일어섰다. 선생님이 뾰족하게 부러진 지휘봉을 세워 들었다.

"복식 호흡은 할 줄 아니?"

고개를 들었다가 나는 소스라치게 놀랐다.

'누가 민폐충 아니랄까 봐.'

찰스의 목소리와 얼굴이었다. 나를 향해 민폐충이라고 말하던 찰스가 거기 있었다.

"내가 마디마다 숨 끊지 말라고 했니, 안 했니. 끝 음은 살짝 띄우라고 하지 않았니? 네가 소리 낸 음은 항상 처져."

찰스의 모습이 사라지고 다시 선생님의 얼굴이 보였다.

"넌 네가 노래 잘하는 줄 알았니? 그래서 오디션 프로그램에까지 나갔겠지. 그런데 방송에 비친 네 모습을 봐. 합창부를 넘어서 학교 망신이야. 노래를 그렇게 엉망으로 부르는데……."

선생님이 등을 돌려 앞으로 다시 걸어 나갔다. 그리고 피아노 앞에 선 채로 건반에 손을 올렸다. 몇 개의 음이 반복적으로 울렸다. 미, 파, 미, 파. 그의 손가락이 두 개의 음을 번갈아 두드렸다.

"「죠스」라는 영화 아니? 상어 나오는 영화."

선생님이 단원들을 둘러보며 말했다.

"빠밤, 빠밤. 「죠스」에 나오는 배경 음악이잖아. 빠밤, 빠밤……."

음악실을 한눈에 둘러보던 선생님의 시선이 내게 와서 꽂혔다.

"기분 나쁘고 공포스러운 느낌이 들도록 반음 차이가 나는 두 음을 반복해서 쓴 거야. 반음 차이의 두 음은 불협화음이니까. 그래서 반음을 사용하면 불편한 기분을 느끼게 돼. 어떻게 생각하니?"

내게 묻는 말이었으나 나는 아무 말도 할 수 없었다.

"생각해 봐, 제주야."

건반을 내려다보던 선생님이 다시 나를 바라보았다.

"혹시 네가 말이야……."

선생님의 시선을 외면하지 않는 이유를 스스로도 모르겠다고 생각했다. 짓이겨진 마음에도 불구하고 합창부에 여전히 소속되고 싶은 마음으로 선생님을 또렷이 바라보게 되는 걸까?

"반음 같은 존재라는 생각은 안 드니?"

거칠고 사납게 일그러진 표정을 선생님은 숨기지 않았다.

"뭘 하려고 할수록 불협일 뿐인……."

나는 막다른 길 끝에 몰린 심정이었다.

"그런 존재라고, 넌."

#

아빠는 엄마에 대해 제대로 말해 준 적이 없다. 아빠가 엄마 얘기를 하지 않는 이유는, 아빠도 나만큼 엄마를 모르기 때문이라고 여겼다. 엄마가 궁금할 때면 그렇게 생각하곤 했다.

언젠가 할머니에게 엄마에 대해 얘기해 달라며 떼를 쓴 적이 있다. 아빠에게는 그럴 수 없어도 할머니에게는 말해 달라고 투정을 부렸다. 할머니가 달래면 떼쓰기를 멈추곤 했지만, 그날은 아니었던 모양이었다. 할머니가 내 두 팔을 부여잡고 눈을 맞춰 왔다.

"할머니는 제주 엄마를 만난 적이 없단다."

너무 정직하게 말하는 할머니가 그때의 마음으로는 무척 미웠던 기억이 있다.

"근데, 엄마를 만나지 못했어도 알아. 엄마가 어떤 사람인지. 제주를 낳아 준 엄마가 좋은 사람이라는 걸 할머니는 알아."

"그래?"

"응, 딸은 엄마를 닮으니까. 제주는 착하고 좋은 아이잖아."

유난히 많아 보였던 할머니 눈가의 주름과 힘없이 갈라지고 헝클어진 흰머리를 나는 기억한다. 엄마 이야기를 할 때 엷게 떨리던 목소리도.

누군가와 헤어진다고 해서 나는 좀처럼 슬픈 표정을 짓는 법이 없다. 이별을 담담히 넘기는 나를 향해 사람들은 정말 어른스럽다며 칭찬처럼 말하고는 했다. 그런 말을 들을 때면 어떤 표정을 지어야 할지 몰라 고개를 돌렸다. 칭찬을 들어 기뻐하는 표정도, 괜히 마음에 들지 않아 싫어하는 표정도 어울리지 않는 것 같아서였다.

종종 꿈에 지금은 없는 할머니가 나를 찾아왔다가 떠나가곤 한다. 그럴 때마다 나는 꿈속에서 실컷 운다. 잠에서 깨면 내가 울었다는 기억이 신기하게 느껴진다. 현실 속의 나는 잘 울지 않기 때문이다. 누가 날 떠나가는 게 두렵다는 속마음을, 나는 꿈속의 할머니에게만 얘기하는 편이다.

5

정빈과는 한 서점에서 만났다. 책을 둘러보며 서성이고 있을 때 정빈이 뒤에서 등을 두드렸다. 오랜만에 봤는데도 딱히 반가운 기색 없이 무표정하다. 정빈은 무슨 생각을 하는지 알 수 없는 얼굴로 나를 바라봤다.

"왔어?"

"어."

정빈이 건성으로 대답하며 매대에 진열된 책들을 내려다보았다.

"책 사게?"

심드렁한 표정으로 정빈이 물었다.

"아니, 그냥 보고 있었어."

"너, 괜찮아?"

정빈이 또 괜찮냐고 물었다. 내 감정이 어떤지 끊임없이 확인하려는 사람처럼.

"너나 걱정해."

살짝 퉁명스럽게 반응하자 정빈이 멋쩍게 웃으며 말했다.

"내 걱정은 안 해."

그러고는 약간 해쓱한 얼굴이 되어 물었다.

"뭐 마실까?"

"난 괜찮아. 너는 뭐 좀 마셔. 옆에 있어 줄게."

"그럼 나도 됐어."

정빈이 피곤하게 느껴질 때가 바로 이런 순간이었다. 속마음을 시원하게 내비치는 법 없이 서운한 기색을 보일 때면 항상 아이를 달래듯 정빈의 기분에 맞춰 줘야 했다. 그런데 오늘은 정말이지 그러고 싶지 않았다.

"좀 걷다 집에 갈까?"

내가 그렇게 말하자 정빈이 조금 당황한 표정을 짓더니 되물었다.

"괜찮으면, 혜화에 가지 않을래?"

"혜화?"

"거기 떡볶이 잘하는 데가 있어서."

정빈이 어딜 가자고 제안하는 건 처음이었다.

"그래, 가자."

처음으로 뭔가를 제안하는 정빈을 실망시키지 않고 싶기도 했고, 뭘 먹고 싶다는 생각이 든 것도 오랜만이었기에 거절하지 않기로 했다.

버스 맨 뒷자리에 앉아 혜화로 가는 동안 정빈과 나는 별말이 없었다. 정빈은 찰스 얘기를 하지 않았고, 나도 오디션 얘기를 굳이 꺼내지 않았다. 그 대신 몇 가지 말을 주고받긴 했는데, 대화가 자주 끊겼다. 사거리를 지날 즈음에는 햇살이 창가로 넘어와 정빈과 나의 얼굴을 뒤덮었다. 마치 우리가 서로 감추려는 것들을 가려 주려는 듯이.

버스에 오르는 사람들이 점점 많아져 마침내 자리가 가득 찼을 무렵 우리는 혜화에 도착했다. 내리기 직전까지 버스에서 어색하게 있던 우리는, 하차 후 횡단보도 앞에 나란히 서서도 좀처럼 마음의 거리를 좁히지 못했다.

마로니에 공원 옆길을 가로질러 삼거리에서 왼쪽으로 꺾어 오르는 길 초입에 정빈이 말한 떡볶이 가게가 있었다. 가게 문을 열고 들어가자 생각보다 좁은 공간에 네 개의 테이블이 아슬아슬하게 붙어 있었다. 방학이라 그런지 가게에는 손님이 별로 없었다. 우리는 하나의 테이블을 차지하고 앉았다.

"떡볶이 모둠 정식 어때? 계란하고 어묵, 튀김이 같이 나와."

뭔가에 대해 정빈이 그렇게 친절하게 설명하는 모습이 낯설기만 했다. 나는 문득 서지와 함께한 날이 떠올랐다. 마라탕을 같이 먹던 그때가.

"나, 오디션 그만둘까 생각 중이야."

서지 생각에 한껏 위축된 나는 결국 그 말을 뱉어 버렸다. 정빈이 놀란 표정을 짓더니 "그럼 찰스는?" 하고 물었다.

"넌 네 과외 선생님 소식도 몰라?"

"연락이 안 돼. 전화도 안 받고, 메시지도 씹고."

그래도 비교적 잘 지내 온 정빈과도 연락하지 않는다니 의외였다.

"찰스가 나보고 민폐충이래."

"찰스가?"

"응."

"미쳤네."

정빈이 나 대신 욕을 해 줘서 그나마 작은 위로가 되었다.

"학생, 통 안 보이다가 오랜만이네. 같이 다니던 친구들은 잘 지내?"

쟁반에 떡볶이와 튀김이 든 접시를 가져온 아주머니가 반색을 하며 말했다.

"걔네들 친구 아니에요."

정빈이 정색하며 대꾸했다.

"……그러니?"

아주머니는 무안해하며 빈 쟁반을 끌어안았다. "그래, 그럼 맛있게들 먹어." 아주머니가 어색한 웃음을 지으며 주방 쪽으로 멀어져 갔다. 정빈은 내 눈치를 한 번 보고는 젓가락을 건넸다.

"먹어 봐. 맛있을 거야."

정빈은 아무렇지 않은 듯 꾸역꾸역 어묵과 튀김을 먹었지만, 하나도 맛있어 보이는 표정이 아니었다. 한동안 우리는 말없이 먹기만 했다. 정빈에게 여기 왜 오자고 한 건지 묻고 싶었지만 그러지 못했다. 정빈의 마음도 뭔가로 인해 복잡하고 허전해 보였다.

한창 먹고 있을 때 문이 열리며 우리 또래로 보이는 세 명의 남자아이들이 왁자지껄하게 가게 안으로 들어왔다. 그중 야구 모자를 쓴 한 남자아이가 우리 쪽을 힐긋 보며 자리에 앉더니, 잠시 뒤 웃음기가 사라진 얼굴로 다시 돌아보았다. 그다음에는 세 명 모두가 우리 쪽을 쳐다보았다. 처음에는 방송에 나온 나를 알아봐서 그런가 싶었다. 그런데 아니었다. 정빈을 보고 있는 것이었다. 우리에게서 시선을 떼지 않은 채 자기들끼리 쑥덕거리더니 야구 모자가 인상을 쓰며 탁자를 내리쳤다.

"뭐냐. 재수 없게."

정빈이 고개를 돌려 남자아이들이 있는 쪽을 바라보았다. 그러자 한 명은 정빈을 슬쩍 흘겨봤고, 또 다른 한 명은 아예 정빈을 쳐다보지도 못했다. 오직 야구 모자만이 눈을 가늘게 뜨고 정빈을 노려봤다. 그러나 그것도 오래가지 못했다. 야구 모자가 먼저 일어섰기 때문이다.

"가자."

야구 모자는 정빈에게 좋지 않은 감정이 있는지 가게 문을 열고 나갈 때까지 험상궂은 표정을 풀지 않았다. 야구 모자를 따라 남자아이 둘도 차례로 문을 나섰다. 그들이 문을 닫고 완전히 밖으로 나간 다음에야 정빈은 시선을 거뒀다.

"미안해. 식겠다, 얼른 먹어."

"아냐."

네가 미안해야 할 이유는 없지. 속으로 나는 생각했다. 떡볶이 한 그릇과 튀김들을 거의 정빈이 혼자 다 해치웠는데, 그렇게 많이 먹는 모습은 지금껏 본 적이 없었다.

계산을 하고 밖으로 나간 정빈은 어딘가를 향해 혼자 걷기 시작했고, 나는 그 옆으로 달려가 함께 보속을 맞췄다. 내가 옆에 온 걸 알면서도 정빈은 아무 말도 하지 않았다. 기분을 좀 풀어 줘야겠다는 생각은 들었지만, 정빈의 표정이 무거워 선뜻 먼저 말을 건네지 못했다. 침묵을 지키며 걷던 그때, 정빈 바로 옆으로 묵직한 물체가 바람을 가르며 날아오더니 땅에 툭 떨어져 굴렀다. 주먹만 한 돌 하나였다.

"야! 유정빈!"

멀리서 고함을 지르듯 누군가 정빈의 이름을 불렀다. 정빈과 함께 돌아보자 떡볶이 가게에서 만났던 야구 모자와 두 명의 남자아이들이 멀찌감치 서 있었다.

"야, 이 등신아! 왜 여기에 얼씬거리는데!"

야구 모자가 소리쳤다. 정빈이 뒤돌아 움직이더니 땅에 떨어진 돌을 주워 들었다. 나는 급한 마음에 정빈의 팔을 잡고 늘어졌다.

"그냥 가자."

팔을 흔들자 정빈의 손에서 돌이 떨어졌다.

"꺼져! 학교에서 쫓겨난 인간이 어딜 얼쩡거려."

우리가 돌아서는 걸 보고 외친 소리였다. 흘깃 내가 돌아보자 야구 모자와 두 명의 남자아이들이 차례로 뒤돌아 반대 방향으로 가기 시작했다.

"괜히 여기 데려와서 미안해."

정빈이 자신의 팔에서 내 손을 떼어 놓으며 말했다. 기어코 야구 모자 일행에게 갈 생각인 모양이었다. 정빈은 치밀어 오르는 감정을 참을 수 없어 하는 것 같았다. 턱 밑이 움푹 파일 정도로 입을 꽉 다무는 정빈을 보고 나는 다시 손을 뻗었다.

"괜찮아. 어서 가자."

"먼저 가."

내 손을 급하게 뿌리치며 정빈이 야구 모자 일행이 사라져 버린 쪽으로 뛰어갔다. 어떻게든 말려야 한다는 생각으로 정빈을 쫓아 가려는데, 휴대폰 벨 소리가 울렸다. 화면에 '대표님'이라는 발신 자 표시가 떠 있었다. 나는 정빈이 달려가는 쪽과 휴대폰을 번갈아 바라보다가 자리에 멈췄다. 전화를 받지 않을 수 없었다. 대표에게 해야 할 말이 있었다. 휴대폰을 든 채 나는 정빈의 흔적을 놓치지 않으려 까치발을 들고 두리번거리다가, 마음을 가다듬고 통화 버 튼을 눌렀다.

"제주니?"

"대표님이세요?"

"그래, 잘 있니?"

대표가 나에게 직접 전화를 건 것은 이번이 처음이었다. 대표가 하는 말들은 대부분 찰스를 통해서만 들었다. 전에 없던 친밀감이 느껴지기는 했으나 친해지기에는 너무 늦은 것 같았다. 이 전화가 마지막일 테니까.

"대표님, 저 오디션 그만두려고요."

휴대폰 너머에서 마른침 넘기는 소리가 들려왔다.

"찰스한테 대충 들었다. 네가 힘들어한다고…….''

그랬나. 찰스에게 힘들다고 표현한 적은 없었는데.

"그렇게 해."

대표가 짧게 덧붙였다. 어쩐지 너무 쉽게 허락하는 것 같아 되레 당황스러운 마음이 들었다.

"나도 돌아갈 거야."

"네? 어디 가신다고요?"

"작은 신문사 편집장으로 가기로 했어."

그제야 나는 대표의 말을 이해했다. 어딜 간다는 게 아니라 사업을 접는다는 말이었다.

"돈 하나도 못 벌고요?"

무심코 돈 얘기가 내뱉어졌다. 돈에 몰리는 상황이 되면 모든 게 돈으로 치환된다. 무의식적으로.

"망한 거지, 뭐."

대표가 담담하게 말했다. 갑자기 울컥하는 마음이 들었다. 그 돈, 내가 벌어 왔어야 했던 걸까. 마음 한편이 쓰라렸다.

"음을 모를 수도 있는 거야."

"네?"

"어른들도 자기가 무슨 음을 내는지 잘 몰라."

"……."

"그러니까 잘 살아라."

"저기, 죄송해요! 제가."

"넌 죄 없다."

그 말을 끝으로 대표는 전화를 끊었다.

'넌 죄 없다.'

그 말은 나를 원망하지 않겠다는 다짐처럼 들리기도 했고, 내게서 뜻한 바를 얻어 내지 못했다는 자책처럼 느껴지기도 했다.

6

이계영의 연주는 예민하고 날카로웠다. 주의를 기울이지 않으면 언제고 예리한 칼날이 되어 던져질 것만 같은 연주. 반면 재현의 연주는 따뜻하면서 배려심 깊은 손길 같았다. 피아노 연주는 사람의 성격을 따라가는 것 같다고 이계영의 연주를 들으며 생각했다. 재현이 합창부를 연습시키던 때가 몹시도 그리운 날이었다.

재현과는 여전히 서먹서먹한 상태였다. 우리는 서로 연락을 하지 않았고, 되도록 마주치지 않기 위해 애를 썼다. 복도에서 멀리 재현이 보이면 나는 화장실로 향하거나 심지어 다른 반 교실에 무작정 들어가 누군가를 찾는 시늉을 했다. 둘 중 누군가 얘기를 건네기만 하면 툭 무너질 것처럼 허술해 보이던 관계의 벽이 시간이 갈수록 점점 단단해지고 높아져만 갔다.

관계의 벽을 쉽게 허물지 못하는 이유에는 서지도 있었다. 둘은 서로 친하니까 어딘가에서 그 댓글들처럼 나를 욕하고 있을지도 모르겠다는 생각이 불쑥불쑥 일어섰다. 서지에 관해서는 내게 전혀 얘기하지 않는 재현을 의식하면 더 의구심이 들었다. 가장 힘든 건, 그런 의심이 반복되면서 결국 나는 누구와도 진정한 친구가 될 수 없다는 느낌에 사로잡히는 것이었다.

"너희 파트만 다시 해 보자."

탄식과 볼멘소리가 옆에서 터져 나왔다. 내 탓이라며 원망하는 눈빛으로 나를 보는 것 같아 신경이 곤두섰다. 이계영은 파트별로 연습시키다가 잘 안되는 파트는 몇 번이고 더 불러 보게 했는데, 그게 오늘은 유난히 내가 속한 파트였다.

"미안한데."

그때 끼어든 재현의 목소리.

"다른 파트 연습도 할 수 있을까? 오늘은 거의 못 한 거 같아서."

이죽거리던 이계영의 얼굴이 차갑게 돌변했다. 재현과 이계영이 또다시 충돌할까 봐 나는 조마조마해졌다.

"지금 알토 연습시키는 거 안 보여?"

이계영은 재현을 쳐다보지도 않고 악보를 넘기며 물었다.

"좀 심한 거 같아서."

재현이 지지 않고 말했다.

"뭐가?"

건반 위에서 손을 내려놓으며 이계영이 한숨을 쉬었다.

"너무 한 사람만 괴롭히잖아."

나는 그러지 말라며 재현을 말리고 싶었다. 재현이 말하는 그 한 사람이 나라는 걸 모르지 않을뿐더러, 나로 인해 둘의 갈등이 계속되는 걸 더는 원치 않았다.

"내가 누굴 괴롭혀. 수준이 안되는 실력을 끌어올리는 게 어때서. 너네 사귀기라도 하냐?"

이계영이 빈정거리는 투로 물었다.

"뭐?"

재현이 되묻는 사이 나는 고개를 들어 이계영을 바라보았다.

"아니면 왜 그렇게 제주 감싸는데."

"제주 때문이 아니야."

재현의 말투는 냉정하면서도 차분했다.

"그럼 뭔데?"

이계영이 짜증이 잔뜩 밴 목소리로 소리를 질렀다. 화를 삭이지 못해 손이 파르르 떨리는 모습이었다.

"넌, 예전에도 그랬어. 내가 가진 걸 없앴잖아."

재현의 말에 이계영이 양손으로 피아노 건반을 쾅 하고 눌렀다.

"그만하자."

"왜 제주를 괴롭혀."

"그만하자니까?"

"내가 미운 거라고 솔직히 얘기해."

"야! 구재현!"

이계영의 외침을 끝으로 잠시 침묵이 이어졌다. 둘 사이에 선명한 적의가 느껴졌다.

"이렇게 따로 연습하는 것도 끝이니까, 이제."

침묵을 가르며 이계영이 말했다. 단원들의 시선이 이계영에게 쏠렸다.

"앞으로 동아리 활동 시간 외에는 연습 안 하게 된다고. 백 주년 기념 연주회까지만 이렇게 연습하는 거야. 그러니까……."

연습 시간이 없어진다는 말에 단원들이 술렁였다.

"잔말 말고 참아."

재현에게 말하듯 이계영이 차갑게 덧붙였다.

그 얘기를 왜 이계영에게서 들어야 하는지도, 확실히 결정 난 사항인지도 알 수 없는 단원들은 어리둥절한 표정이었다. 꾸준하고 절대적인 연습량을 통해 합창부의 질적 수준을 높이는 것을 중요하게 생각하는 선생님이 연습을 이유 없이 없앨 리가 없었다.

"설마." 누군가 의심스러운 목소리로 말했고, "선생님이 그럴 리가. 지금도 연습량이 부족하다고 하시는데." 또 다른 누군가가 동조했다. 그러나 자기들끼리 주고받는 얘기였을 뿐 누구 하나 속 시원하게 이계영에게 캐묻지 못했다. 연습이 없어진다는 것은 합창부가 명맥을 유지하기 어려워진다는 뜻이었다. 나는 작은 소란 속에서 재현에게 고개를 돌렸다. 재현은 음악실 앞쪽 벽에 시선을 고정하고 말없이 무표정하게 앉아 있었다.

연습을 마치고 다른 단원들 틈에 섞여 음악실 밖으로 나섰다. 어둡고 비좁은 음악실 복도로 단원들이 두세 명씩 짝을 지어 걸어가는 것을 지켜봤다. 그들 사이에 재현은 없었고, 친구와 함께 걷는 이계영이 보였다. 나는 그들을 앞서지 않기 위해 걸음을 늦춰 거리를 벌렸다. 그러고는 느릿한 걸음걸이로 운동장 스탠드까지 걸어나가 그곳에 한참을 앉아 있었다. 재현은 어디에도 보이지 않았다.

나는 나온 길을 다시 걸어 들어갔다. 음악실 복도 벽에 손가락을 대며 걷다가 문득 차가운 감각이 느껴져 손을 뗐다. 생각해 보니 누군가에게 먼저 다가선 적은 없었다. 음악실 앞에 서서 갈색 문손잡이에 손을 가져다 댔다. 조금 망설였지만, 이내 손에 힘을 주어 문을 밀었다.

피아노 앞에 재현이 앉아 있었다.

재현이 이쪽을 바라보았다. 이번에는 내가 다가설 차례였다. 처음 재현을 봤을 때처럼 떨려 왔다. 나는 어떻게 해야 마음을 털어놓을 수 있는 관계가 될 수 있는지 잘 모른다. 하지만 오늘은 꼭 먼저 손을 내밀어 보고 싶었다. 나와 눈이 마주친 재현의 눈동자가 움직였다. 느리고 고요하게 흩날리는 눈꽃처럼 포근하고 따뜻한 눈빛이었다. 내가 피아노 앞에 거의 다다랐을 때, 아주 오랜만에 재현이 미소를 지었다.

학교 운동장을 가로질러 교문을 빠져나온 이후에도 재현과 나는 계속 걸었다. 우리는 걷는 동안 잠시 손을 잡았다가 놓았다. 재현이 내 손이 크다고 놀라며 손바닥 크기를 재 보자고 했다.

"아빠가 격투기 선수거든. 아빠 닮아서 손이 커."

"그래?"

재현이 놀라며 내 손을 들었다 놓았다 했다.

"그런데 엄청 가볍네, 깃털같이."

내 손이 무겁게 느껴질까 봐 재현의 손동작에 따라 나도 팔을 움직였다.

"아까는 고마웠어."

쑥스러움이 느껴져 살며시 재현의 손에서 손을 뺐다.

"해야 할 말을 한 건데, 뭘."

재현이 대수롭지 않다는 듯 말했다.

"아냐, 너 아니었으면 힘들었을 거야."

걷는 동안 해는 져서 우리의 그림자가 길게 사선으로 늘어졌다. 재현에게 묻고 싶은 게 있었다. 지금이 아니면 물어보지 못할 것 같았다.

"궁금한 게 있는데 혹시 물어봐도 돼?"

재현이 고개를 끄덕이며 "그럼." 하고 말했다.

"네가 가진 걸 없앤 적이 있다고 했잖아, 계영이가. 그게 뭔지 궁금했어."

대로변을 따라 경사진 언덕길 위로 이제 막 넘어가기 직전의 태양이 보였다. 재현이 잠시 멈춰 숨을 몰아쉬었다.

"계영이하고 무척 친할 때였어. 중학생 때니까."

재현의 얼굴이 환하게 주황빛으로 물들었다.

"그때 난 유난히 좋아하는 친구가 있었거든. 같이 성당을 다니던."

재현은 잠시 머뭇거리더니 나를 바라봤다.

"서지였어."

나는 서지라는 이름에서 미묘한 감정을 느꼈다. 그리고 찰스의 스튜디오에서 서지가 했던 말이 떠올랐다.

'그 학교, 내가 진짜 좋아하는 친구 다니는데. 어쩜 알 수도 있겠다.'

그 말만으로도 좋아하는 마음이 가득 느껴졌다.

'재현이라고.'

가볍게 불린 재현의 이름이, 싱그럽게 웃던 서지가 선명히 기억났다.

"지금은 아니지만…… 그땐 거의 매일 붙어 다니고, 다이어리에 그 애에 관한 일기를 쓰고, 교실 앞에 가서 기다리고, 다음에 언제 만날지를 꼭 정했어. 그때는 그랬어."

나는 이미 오래전에 재현의 이름을 서지에게서 들은 적이 있다고 말하려다가 그만둔다.

"근데 계영이는 내가 누구를 좋아하는 게 싫었었나 봐."

해가 완전히 넘어가고 재현의 얼굴은 잿빛이 되었다.

"교실에 들어갔는데, 계영이가 창가에 앉아 밖으로 팔을 쭉 뻗은 채 날 보고 있더라고. 자세히 보니까 내 다이어리를 들고 있었어. 그게 얼마나 나한테 소중한지를 계영이는 잘 알고 있었거든."

"그때 뭐라고 했는데, 계영이가?"

"오늘처럼."

"오늘?"

"너, 요즘 연애하냐고."

질투로 짓눌린 이계영의 얼굴이 재현은 기억난다고 했다.

"이리 줘."

단호한 얼굴로 재현이 말했다. 창밖으로는 제법 세차게 비가 내리고 있었다. 다이어리도 이미 상당히 젖은 상태였다.

"너, 팔 젖잖아."

재현은 물기 가득한 이계영의 소매를 보고 말했다.

"그럼 거기서 노래해 봐."

"뭐?"

"같이 불렀다던 노래 있잖아."

이계영이 자신의 다이어리를 봤다는 걸 재현은 알았다. 성당에서 돌아오는 길에 서지가 나지막이 불러 주던 노래.

"어서, 다이어리 찾고 싶으면."

이계영이 다이어리를 든 손을 흔들었다. 재현이 그때 느낀 감정은 두려움이었다. 이계영의 집착에 길들여지고 말 것 같은 막연한 두려움.

창문 안으로 드센 바람이 휙 하고 불어 머리카락이 솟구쳤다. 재현은 이계영을 향해 걸어갔다. 다이어리를 가져오면 그만이었다. 비를 조금 맞았어도 다시 간직하면 그만인 다이어리를. 하지만 재현이 잡은 건 허공이었다. 아무것도 손에 잡지 못한 재현은 창 밑을 바라보았다. 5층 높이에서 떨어진 다이어리가 학교 화단의 작은 연못에 빠져 있었다. 재현은 그 자리로 떨어진 것이 꼭 자기인 것만 같았다.

"그때와 똑같아. 다른 게 있다면 서지가 아니라 너라는 사실."

재현의 얼굴이 어느새 창백해져 있었다.

"네가 아니라, 나에게 상처를 주고 싶은 거야. 계영이는 항상 불안해했어. 자기한테서 애정이 회수될까 봐."

큰 한숨을 내쉰 재현이 덧붙여 말했다.

"그래서 좀 슬퍼."

7

　연습이 시작되기 전 선생님이 백 주년 기념 연주회 이후에는 따로 합창 연습을 하지 않을 거라고 공지했다. 그 이유에 대해서는 구체적으로 언급하지 않고 "너희들 입시 환경을 고려해서다."라고 짧게만 덧붙였다. 단원들이 이계영이 있는 쪽을 힐끔 돌아보며 그 애의 표정을 확인했다. 이계영은 무심한 듯 두 발을 허공에 두고 까딱거리고 있었다. 희미하게 드러나는 엷은 미소가 자신의 말이 맞지 않느냐며 우쭐해 하는 것처럼 보였다.

　선생님의 공지 이후 연습은 대체로 무거운 분위기 속에서 진행되었다. 선생님이 그런 결정을 한 데는 학교운영위원회 위원장인 이계영 어머니의 입김이 있었을 거라는 얘기가 단원들 사이에서 돌았다. 정규 동아리 활동 이외의 시간에 합창 연습을 하는 걸 이계영 어머니가 몹시 싫어한다는 소문도 함께 퍼졌다.

　합창부 연습을 마치고 재현과 나는 함께 집으로 향했다. 재현은 평소와 다르게 내가 사는 동네 쪽으로 가 보고 싶어 했다. 작고 복잡한 골목으로 재현은 성큼성큼 걸어 들어갔다.

"이쪽 길로 와 본 적 있어?"

내가 묻자 재현이 고개를 저었다. 내가 사는 동네에 재현이 있다는 게 낯설고 부담스러웠다.

"혼자 산다고 했잖아."

재현이 말했다.

"응."

"들어가 봐도 돼?"

"오늘은 좀."

재현은 완곡한 거절을 알아듣고는 더는 말을 꺼내지 않았다.

우리는 길의 폭이 넓어지는 부분에 자리한 놀이터까지 걸었다. 놀이터라고 해 봤자 우레탄이 깔린 바닥 위에 미끄럼틀과 그네만 있는 곳이었다. 재현이 서슴없이 그네로 다가가 올라타서는 몸을 앞뒤로 움직였다. 그 애의 두 발이 자유롭게 허공을 오가는 것을 나는 가만히 바라봤다.

"오디션 나간 거, 아빠는 뭐라고 안 하셔?"

"관심도 없어."

"좋겠다."

먼 곳을 보며 재현은 혼잣말처럼 중얼거렸다.

"좋겠다고?"

"관심이 없는 게 차라리 편하지 않아?"

그런 생각을 해 본 적이 한 번도 없기에 나는 대답하지 못했다.

관심을 받지 못한다는 게 어떤 느낌인지 재현은 모르는 것 같았다.

"왜 그렇게 생각해?"

나는 조심스럽게 물었다. 재현이 잠시 뜸을 들이더니 입을 열었다.

"부모님은 내가 작곡과 가려는 걸 반대하셔. 합창부에서도 나오래. 그만하면 됐다고."

재현도 곧 나를 떠나갈 거라는 예감이 서늘하게 찾아들었다.

"그만둘 거야?"

재현이 나를 바라봤다. 그넷줄을 잡은 손처럼 여린 눈빛이었다.

"한 번도 부모님 말을 어긴 적이 없어."

그런 친구들이 부러웠다. 부모님이 가이드가 돼서 앞길을 마련해 주는 친구들. 그래서 나도 모르게 불쑥 말하고 말았다.

"넌, 행복한 거야."

"어째서?"

"그래도 늘 챙겨 주는 사람들이 있는 거잖아."

"부모님은 진짜 나를 몰라. 집에 있는 건 진짜 내가 아니야. 엄마 아빠가 기대하는 나일 뿐이야. 나는 어디에 있는지 잘 모르겠어."

재현이 그네에서 일어선 다음 뒤돌아보며 물었다.

"그걸 행복이라고 말할 수 있어?"

쓸쓸한 표정으로 묻는 재현에게, 나는 아무 대답도 할 수 없었다.

8

"오디션 잘돼 가?" 누군가 인사말처럼 물으면 나는 고개를 숙이고 아무 말도 하지 않았다. 다 알면서 일부러 그러는가 싶기도 했다. 서지가 나에게 노래를 가르치는 장면이 담긴 유튜브 동영상은 이제 수십만의 조회 수를 기록했다.

진짜 꼴 보기 싫다, 권제주. 어떻게 저기서 하루 종일 목청만 가다듬고 있냐. / 연습생으로 힘들게 고생해서 온 애들 태반인데 대체 쟤는 누가 꽂은 거임? / 권제주 노래하는 거 봐라. 지르기만 한다고 다 노래냐. ㅋㅋㅋ / ㅉㅉㅉ 굳이 왜 나와서 망신을 자초하냐. 괜히 남의 기회 가로채지 마라. 진짜 짜증 나.

댓글에서 나는 짜증을 돋우는 사람이 되어 있다. 댓글을 읽고 나면 얼굴에 수많은 유리 파편이 박혀 버린 것 같은 기분이 든다. 그런데도 굳이 댓글을 본다. 때로는 스스로에게 상처를 주기 위해 보는 것 같다는 생각을 한다. 길을 걸을 때 나를 유심히 바라보는 사람들이 있으면 댓글을 쓴 사람인 것만 같았다. 사람들 옆을 지날 때 걸음을 빨리하는 습관이 생겼다.

방송 출연을 포기하겠다는 연락을 했을 때, 작가 언니는 잠시 말을 잃었다가 몹시 흥분을 했다. 무책임하게 말 한마디로 출연을 중단할 수는 없는 거라고, 소속사 대표님하고 먼저 얘기를 해 봐야겠다고 했을 때 나는 그러실 필요는 없을 것 같다고 답했다.

"대표님도 안 하신대요."

"안 해? 그게 무슨 말이야?"

"회사 망했다고요."

쉽게 알아듣도록 직설적으로 얘기했다.

"회사가 없어지기라도 했다는 거야?"

황당하다는 듯 말을 멈춘 작가 언니는 어이없어했다. 긴 한숨 소리와 함께 다시 작가 언니의 말이 들려왔다.

"제주야, 내일 촬영 있는 날인 건 알지?"

"네."

"일단 와. 피디님하고도 얘기해 봐야 하고, 이렇게 전화 한 통으로 끝낼 수 있는 문제가 아니야."

작가 언니는 숨을 가라앉히고 차분히 설득 조로 얘기했다.

"제주 너도 출연해 봐서 알겠지만, 출연자는 물론이고 공간, 스토리, 편집 방향까지 다 세팅되어 있거든. 아무리 하기 싫다고 해도 전화 한 통으로…… 이건 예의가 아니지."

"제 약점만을 편집해 내보내는 것도 예의는 아니죠."

침묵이 잠깐의 공백을 만들어 냈다. 휴대폰 너머로 나를 노려보는 작가 언니의 성난 눈길이 상상됐다.

"너 이렇게 싸가지 없는 애였어?"

어른들은 소통이 막히면 얼굴을 뒤바꿔 사납게 군다. 욕설에 가까운 말을 쏟아 내거나 감정을 극단적으로 표출한다.

"전 안 할 거예요. 할 얘기 있으면 회사끼리 알아서 소통하세요."

그렇게 말고는 전화를 끊었다. 다급하게 내 이름을 부르는 목소리가 잘려 나갔다. 작가 언니가 다시 전화를 걸어왔다. 받지 않자 메시지가 도착했다.

—방송에서 널 보기를 기다리는 사람들이 있잖아.

나를 기다리는 사람이 있다는 말에 대해 잠시 생각했다. 하지만 나를 향한 댓글들만이 기억날 뿐이었다.

다른 번호로 전화가 걸려왔다. 모르는 번호였다. 망설이다가 통화 버튼을 눌렀다.

"제주니? 선 피디야. 강 작가한테 얘기 들었어. 네가 무슨 이야기 하는지도 아는데."

"그냥 안 하고 싶어서요."

오래 끌고 싶지는 않아 단도직입적으로 말했다.

"상황 정리를 좀 해야 하지 않을까?"

"여기서 그냥 끝내면 안 돼요?"

"그럼 직접 얼굴 보고 말해."

선 피디의 음성이 거칠어지자 가슴이 두근거렸다. 살기 위한 반응이었다. 내게 위협이 될지도 모를 타인의 감정 변화를 빨리 눈치

채야 했다. 타인의 감정을 잘 살피지 않으면 내가 다치고 마니까. 날 보호해 줄 사람은 없으니까.

"이별에도 순서가 있는 거야. 네가 앞으로 뭘 하든 상관없는데, 마침표를 찍는 과정은 필요하다고."

선 피디는 더 그악스럽게 굴며 충고하듯 말했다.

마침표를 찍는 게 왜 내 몫이 되어야 하는지 알 수 없었다. 어른들의 비즈니스에 얽혀 이용되다가 외면하려 하자 예의가 없는, 자기밖에 모르는 애가 되어 있었다. 그런 어른들을 마주해야 하는 일이 아주 낯설진 않았다. 그래서 이렇게 말하고 말았다.

"그럼 잠깐 들를게요."

정빈과는 지하철역에서 만나기로 했다. 정빈이 방송국에 같이 가겠다고 해서 약속을 잡았다. 굳이 그럴 필요 없다고 했지만 정빈이 "너한테는 이제 대표님도, 찰스도 없잖아. 옆에 누구라도 있어야지." 하고 말하는 바람에 실랑이를 주고받았다. 마지못해 알겠다고는 했지만, 부담스러운 마음이 드는 건 어쩔 수 없었다.

역에서 다시 만난 정빈의 눈가에는 백 원짜리 동전만 한 상처가 있었다. 싸운 거냐고 묻자 정빈은 고개를 돌렸다. 혜화에서 뛰어가던 정빈을 막지 못한 걸 나는 후회했다.

"그때 싸운 거야?"

"아니, 넘어졌어."

고개를 젓는 정빈 옆으로 멀리서 다가오는 지하철이 보였다. 정빈의 모습을 보니 같이 가지 않는 게 나았겠다는 생각이 들었다.

지하철 문이 열리고 정빈과 나는 안으로 들어섰다.

"그 애들, 너랑 어떤 사이야?"

노선도를 바라보며 내가 물었다. 옆에 나란히 선 정빈은 같이 노선도를 올려다보고 있었다.

"날 괴롭힌 애들. 내가 걔들을 때리기도 했고."

다음 역에 정차하고 문이 열리면서 등 뒤로 사람들이 쏟아져 들어왔다.

"처음 삥 뜯을 땐 다들 빌려 달라고 그래."

뒤에 탄 사람들 때문에 정빈과 나는 문 앞으로 바짝 밀렸다.

"그게 습관이 되다가 한번 거절하면 시작되는 거야."

"뭐가?"

"괴롭히는 거. 그때부터는 자기가 받을 게 있다는 듯이 굴거든."

나는 찰스를 떠올리고 그에 대해 곰곰이 생각했다.

"그럼 지난번 그 애들이?"

"응, 매일 괴롭혔어. 돈이나 물건을 가져가는 건 괜찮았어."

정빈은 시종일관 덤덤했다.

"근데 이유 없이 조롱하고 때리는 건 참을 수 없었어."

지하철이 지상으로 나오면서 내부가 환해졌다. 햇빛 때문에 눈이 부신지 정빈이 눈을 찡그렸다. 정빈 눈가의 상처가 더 도드라져 보였다.

"그래서 걔들을 때린 거야?"

"나도 그렇게 누군가를 때릴 수 있는 사람이라는 건 몰랐지."

그다음 환승역에서 사람들이 빠져나간 뒤에야 우리는 문 앞에서 떨어질 수 있었다.

"학폭위에서 폭력 정도가 심하다고 학급 교체 징계를 받았어."

"네가 괴롭힘을 당한 피해자였는데?"

"그 애들도 많이 다쳤으니까. 이가 부러지고 코뼈가 골절되고."

그때 이후로 학교를 나가지 않은 채 일 년을 그냥 보내 버렸다고 정빈은 덧붙였다. 정빈이 한 살 더 많다는 걸 나는 새삼 떠올렸다.

"일 년 뒤에 다시 학교에 돌아갔는데, 안 되겠더라고."

"왜?"

"괴롭힘당한 기억에서 자유로워질 수가 없었거든. 싫은 기억이 계속 따라다니는 게 고통스러웠어."

"그래서 학교 그만둔 거야?"

창밖을 바라보는 정빈의 얼굴은 알 수 없는 표정이 되었다.

"엄마가 차라리 유학을 가라고 그러더라고."

정빈의 눈빛 속에는 무기력이 담겨 있었다. 어떤 것도 자신을 나아지게 할 수 없다고 생각하는 듯한 눈빛이었다. 조금 침울해진 정빈을 보며 나는 화제를 돌렸다.

"근데 나 궁금한 게 생겼어."

"뭔데?"

"찰스한테 오만 원 빌려준 거, 왜 그랬어? 그냥 받지 못할 돈이라 생각하고 준 거였어?"

정빈이 나를 빤히 쳐다보다가 말했다.

"그땐 친구가 필요했어서."

지하철이 빨려 들어가듯 지하 구간으로 진입했다. 나란히 서 있

는 정빈과 나의 모습이 검은 창에 비쳤다. 외로운 두 사람의 모습이
드러나 있었다.

9

정빈은 방송국 1층 로비의 출입문을 함께 통과할 수 없었다. 홀로 방송국 안으로 들어가 투명한 유리로 된 엘리베이터를 타고 올라가는 동안 나는 바짝 벽에 붙어 손잡이를 잡았다. 이상하게도 가파르게 추락하는 느낌이 들었기 때문이다.

만나기로 약속한 회의실에 들어서자 먼저 온 선호수 피디가 자리에 앉아 있었다.

"왔니?"

나를 알아본 선호수 피디가 의자를 돌려 앉으며 말했다. 굳은 표정에 차갑고 건조한 음성이었다. 내가 자리에 앉는 걸 가만히 지켜보던 그가 말을 꺼냈다.

"꼭 지금 그만둬야겠니?"

단도직입적으로 묻는 말에 나는 주저 없이 고개를 끄덕였다.

"제주야, 이게 말이다."

선 피디가 양손으로 테이블을 움켜쥐며 몸을 앞으로 끌어당겼다.

"그만두는 게 말처럼 단순하고 쉬운 일이 아니야. 이미 네가 이 프로그램 스토리의 일부가 된 거, 잘 알잖아."

여기서 벗어나게 해 주기에는 너무 늦었다는 말처럼 들렸다.

"지금 방송 반응이 좋아. 제주도 알고 있지?"

내가 미동도 않자 선 피디는 한숨을 길게 내뱉었다.

"혹시 제주야…… 방송에 네가 원하는 대로 나오지 않아 실망했니? 우리가 네 이미지는 복구해 줄 거야. 다음 스토리는 네가 멋지게 날아오르는 거야. 상상해 봐. 미운 오리에서 백조가 되는 모습을. 그런 서사 속에 네가 있는 거야."

나는 마음을 바꿀 생각이 없었다.

"죄송해요."

"원래 방송이라는 게 여러 가지 조건들이 잘 모여서 하나의 실뭉치처럼 꼼꼼하게 만들어지는 거거든? 그런데 너라는 실 하나가 풀려 버리면 다른 것들도 영향을 받잖아. 그러니까 되도록 조심스럽게 풀어내서 서로 원만하게 해결해야 하지 않을까?"

선 피디는 나를 설득할 수 있다고 확신한 것 같았다. 그에게 괜한 여지를 남겨서는 안 된다고 생각했다.

"그만두고 싶은데요."

내가 단호하게 말하자 선 피디는 몸을 앞으로 끌어내며 손가락으로 테이블을 조급하게 두드렸다.

"아니, 제주야…… 너 나중에 노래 안 할 거야? 혹시라도 방송국에서 노래하지 않으리라는 법이 어딨어. 이 바닥 좁은데, 나랑 마주치면 불편하게 모른 체할 거야?"

나중 일은 모르는 거라고 거듭 선 피디가 다그쳤다.

"그럴 거냐고!"

어른들은 말이 통하지 않으면 윽박지른다는 걸 나는 잘 안다. 거기에 대응할 방법은 하나뿐이다. 단조롭게 말하는 것.

"그만두고 싶은데요."

열이 뻗치는 듯 선 피디가 양팔을 머리 위로 들어 올렸다가 사납게 떨어뜨리는 걸 가만히 두고만 봤다. 이내 그는 성난 표정으로 의자를 발로 밀쳐 내며 일어나 회의실 밖으로 나가 버렸다. 그리고 한참 뒤에 작가 언니가 회의실 안으로 들어왔다. 선 피디와 비슷한 얘기를 나에게 했고, 나는 여지없이 잘라 말했다.

내가 하는 말이 심기를 건드렸는지 어느 순간 작가 언니가 너는 너만 생각하는 아이냐며 목소리를 높였다. 나는 가만히 내가 해야 할 말들을 건조하게 내뱉을 뿐이었는데, 사람들은 하나같이 화가 난 듯이 나를 쏘아붙였다. 그때 밖으로 나갔던 선 피디가 누군가와 함께 들어왔다.

서지였다.

동물원에 갇힌 원숭이가 된 기분이었다. 우울증에 빠져 침울한 표정으로 움직이지 않는 원숭이의 기분을 북돋으려 나선 사육사들 앞에 선 느낌이었다. 사육사들은 내게 다시 사람들 앞으로 나서라며 채찍과 당근을 번갈아 내밀고 있었다.

"그래도 서지가 곁에서 힘이 되어 주진 않았니? 제주 마음을 안정시킬 수 있을까 해서 데리고 왔어. 서지도 할 말이 있다고 하고."

맞은편에 앉은 서지가 나를 빤히 바라봤다.

"제주야, 많이 힘든 거 알아."

서지가 테이블 위로 손을 뻗어 내 손을 잡았다.

"그래도 같이 한번 해 보자. 너무 겁내지 말고. 앞으로 이런 일 있을 때마다 도망칠 거야? 그러면 아무것도 이룰 수 없어, 제주야."

서지의 반짝이는 코럴빛 입술을 보며 생각했다. 서지는 이미 그 세계에서 헤어 나올 수 없는 사람이라고.

선 피디의 입가에 희미한 웃음이 지어졌다. "그래, 서지 말이 맞아." 하며 작가 언니가 옆에서 맞장구를 쳤다.

"그리고 네가 이렇게 그만두면 사람들이 나 때문에 그만뒀다고 생각할 수도 있잖아."

선 피디의 손이 어깨에 닿자 서지가 움찔하더니 얼버무렸다.

"아, 아니, 내 말은…… 우리가 잘되기를 바라는 사람들이 많은데 실망시키면 안 된다는 말이야."

어쩌면 서지는 내가 악보를 보지 못한다는 사실을 처음부터 알고 있었는지도 모르겠다.

"나, 갈게."

나는 등으로 의자를 밀어내고는 곧바로 일어섰다. 당황한 서지가 허리를 곧추세우며 외쳤다.

"유치하게 왜 그래! 얘기는 다 끝내고 가야지."

"넌 녹화에서 처음 봤을 때도 내게 아는 척 안 했잖아."

"네가 거기 있을 줄 몰랐어."

"둘이 원래 아는 사이였니?"

선 피디가 끼어들어 물었다.

"모른 척하더니 조별 미션 할 때는 노래를 가르쳐 주겠다고 했고."

"그건⋯⋯."

"카메라 앞에서는 친절해지고 싶었나 보지?"

"너 무슨 말을 그따위로 해, 진짜."

서지에게서 완전히 등을 돌려 나가려고 하자 선 피디가 내 앞을 가로막았다.

"너, 왜 이렇게 버릇이 없니!"

핏발 선 그의 두 눈이 나를 매섭게 내려다보고 있었다.

방송국을 나와 정빈과 지하철을 타고 집으로 돌아오는 동안 우리는 내내 말이 없었다. 지하철은 유난히 흔들리는 듯했고, 차 안 사람들은 표정이 없었다. 정빈은 내게 무슨 일이 있었는지 묻지 않았고, 나 역시 아무런 얘기도 하지 않았다.

"저기 좀 봐 봐."

정빈이 창밖을 가리키며 말했다. 한강 다리 위로 보이는 하늘의 모습이었다. 분홍빛으로 하늘과 구름을 물들이며 넓게 퍼진 노을이 한없이 아름답게만 보였다.

"제주야, 난 네가 행복하길 바라."

정빈답지 않은 말이었다.

"무슨 말이야?"

노을에서 눈을 떼고 고개를 옆으로 돌리며 내가 말했다.

"난 쓰레기거든."

"뭐?"

"내가 너 따라서 같이 가 주겠다고 한 거 있잖아, 네가 어떤 고통을 겪는지 알고 싶어서였어. 세상에서 나만 고통스럽다고 생각해서, 누군가 나만큼의 고통을 겪는 걸 보고 싶었어."

"괜찮아."

나는 정빈을 이해할 수 있었다. 정빈이 겪고 있는 고통은 나의 고통과 닮아 있으니까.

"제주야, 그거 알아? 난 한 번도 제대로 벌을 받은 적이 없어. 그냥 도망치고만 있어."

문득 생각나는 것이 있었다.

"눈가의 상처, 지난번 혜화에서 그 애들이랑 싸워서 생긴 거야?"

정빈이 고개를 끄덕이더니 시무룩한 표정이 되었다.

"응, 경찰서에 불려 갔는데 엄마가 나서서 합의해 줬어. 엄마가 어서 유학이나 가래."

정빈을 처음 보았을 때부터 느꼈던 모호한 눈빛의 정체를 이제야 알 것 같았다. 자기를 습관적으로 학대하는 사람의 분노와 무력함이 뒤섞인 눈빛.

"넌 도망가지 마."

정빈이 당부하듯 말했다.

"오디션 포기하지 말라는 거야?"

정빈이 고개를 끄덕였다. 그러나 내가 해 줄 수 있는 말은 정해져 있었다.

"이미 그만뒀어."

10

보지 않으려다 휴대폰을 든다.

"죄송합니다."

화면 속의 내가 보인다. 죄라도 지은 것처럼 고개를 숙인 채 힘없이 앉아 있는 내가.

질문이 자막으로 화면 아랫부분에 떴다.

하차를 결심하게 된 계기가?

멍한 표정으로 앉아 있는 내가 이삼 초 후에 입을 열어 말을 하기 시작한다.

"아무래도 제가 좀 부족……."

소침하다 못해 입술이 파랗게 질린 내가 보인다.

"음악에 대한 기본적인 공부가 아직 안 돼 있는 것 같아서요."

주위 사람들의 도움을 받아 헤쳐 나가 볼 생각은 안 해 봤는지?

장면이 느리게 전환된다. 서지의 모습이 보인다. 내가 악보를 들고 연습하는 동안 옆에서 나를 바라보는 서지의 모습이. 나는 뭔가 잘되지 않은 듯 애를 쓰는 표정이다. 그런 나를 향해 서지가 다가온다. 악보를 손으로 짚어 가며 나를 도와주는 서지의 모습이 느린 화면으로 보인다.

다시 우두커니 앉아 있는 내 모습이 나온다. 화면 속의 나는 영혼이 없는 것 같다. 나는 겨우 입술을 뗀다.

"네, 민폐 같아서요."

페이드아웃, 그리고 나를 내려다보는 카메라 앵글. 촬영장 밖을 향해 나는 걷는다. 카메라는 더는 따라갈 이유가 없다는 듯이 멈춰서 롱 테이크로 나를 지켜본다. 힘없이 늘어진 팔과 무기력한 뒷모습. 모두가 열망하는 꿈을 스스로 포기한 패배자의 뒷모습을 카메라는 놓치고 싶지 않은 것 같다. 내가 겨우 초점에서 사라질 때쯤에서야, 화면이 느리게 전환된다. 나라는 존재는 원래 없었다는 듯이, 화려한 색감으로 꾸며 놓은 연습 공간에서 서지가 조원들과 함께 춤을 추며 노래를 부르는 모습이 환하게 비치고 있다.

"제주야, 이렇게라도 해 줘. 우리가 마무리는 해야지."

작가 언니가 나에게 넘긴 종이를 들여다보는 동안 선 피디는 옆에 서서 이별에도 형식이 필요하다고 했다. 정 안 되겠다면 우리도 형식을 만들어서 시청자를 이해시켜야 한다면서.

종이에는 인터뷰의 질문과 답이 적혀 있었다. 내가 끝까지 프로그램 출연 중단을 고집할 가능성을 염두에 두고 마련한 것으로 보였다. 나를 어떻게 하차시킬지가 그 종이에 고스란히 드러나 있었다.

"네가 스스로 부족하다고 여겨서 떠나는 걸로 하자. 음악적 결핍과 부족함을 인정하고 더 배워서 오겠다며 하차하는 것으로 말이야."

선 피디가 팔짱을 낀 채 나를 내려다봤다. 서지가 "그 정도면 괜찮은 것 같아요." 하면서 선 피디의 말에 동조했다.

그래도 내 안에는 작은 기대가 있었다. 한번 밀리기 시작하면 재앙이 될 수밖에 없는 공과금과 생활비를 걱정하지 않아도 되는, 노래만 하며 살아갈 수 있는 삶에 대한 기대. 내가 닿을 수 없는 기대와 꿈으로 잠시 현실을 외면하고 미뤄 두었다는 걸 이제 나는 안다. 꿈이 깨진 뒤 남은 것은 꿈을 꾼 대가로 요구받는 영수증 같은 현실이었다. 내가 꿈꾼 곳은 내가 있을 수 없는 세계였다.

나는 그들의 세계에서 추방되었다.

3부

risoluto

리솔루토 자신감 있게

1

응수 아저씨가 전화를 걸어온 건 아빠의 안부를 묻는 메시지를 아저씨에게 보내고 나서였다. 아저씨는 아빠가 이미 퇴원을 했다고 했다.

"아빠가 연락 안 했니?"

"네, 안 했어요."

"아빠가 있잖니…… 시합에 나간단다."

아빠에 대한 중요한 소식은 항상 다른 사람을 통해서 들었다. 아저씨와의 통화를 서둘러 끊고 아빠에게 바로 메시지를 보냈다.

─시합 나간다며. 안 나가면 안 돼?

한참 뒤 아빠의 메시지가 도착했다.

─아빠는 잘 있다. 걱정하지 마라……. 이길 거야.

아빠가 늘 이기적이라고 생각해 왔다. 언제나 자기 입장이 먼저인 사람.

─아빠, 내 생각은 안 해?

—너도 아빠의 시합을 좀 즐겨 봐라.

가끔 아빠의 고집을 감정적으로 감당할 수가 없다.

—링 위에 있는 사람이 아빠가 아니면 나도 충분히 즐길 수 있지! 아빠가 그러면 그럴수록 내가 더 억척스러워질 수밖에 없는 건 몰라?

마음속 깊이 묵혀 두었던 말을 꺼내니 답이 없었다. 하고 싶은 얘기는 더 있었다. 학원이 끝나면 부모님 차를 타고 집에 돌아와 지루한 하루에 관하여 친구와 밤늦도록 통화를 하고 잠드는 일상을 한 번이라도 누리고 싶다는 얘기. 반찬 떨어진 거 알면서도 안 사 먹고 나중에 진짜 못 참겠다 싶을 때 마트에 간다는 얘기. 그런 얘기를 속으로 삼키는데, 아빠에게서 전화가 왔다.

"우리 딸."

태연한 목소리였다.

"시합도 나가기 전에 우리 딸한테 실컷 얻어맞네. 마음을 아주 난타당해."

아빠는 한참을 멋쩍게 웃었다.

"아빠 한번 봐줘."

아빠는 어지간히 시합에 나가고 싶은 모양인지 부탁 조로 말했다. 그런 아빠에게 넌지시 물었다.

"아빠, 아직도 나 때문에 힘들어?"

아빠는 답이 없었다. 침묵 속에서 나는 가만히 전화를 끊었다.

내 이름이 제주인 건 아빠가 엄마를 제주도에서 만나서라고 할머니한테 들었다. 엄마는 나를 낳고 아파서 멀리 떠났다고 한다. 엄마의 어디가 아팠냐고 물어보자 할머니가 조금 망설이다가 "마음이."라고 굼뜨게 말한 기억이 있다.

엄마가 사라진 뒤 우울증을 앓던 아빠는 내 출생 신고를 해야 한다는 사실조차 잊고 지냈다. 그래서 나의 호적상 생일은 실제로 태어난 날보다 육 개월이 늦다. 아빠는 내 생일이 언제인지 잘 모른다. 그렇다고 생일을 챙겨 달라며 아빠를 보채진 않는다. 그날 이후로는.

아마 그때 아빠의 기분이 무척이나 좋지 않은 상태였던 것 같다. 아빠는 연패를 거듭하며 격투기 선수로서의 전성기가 저물던 중이었다.

"딸 생일도 몰라."

벌써 일주일이나 지난 생일을 축하한다며 거나하게 취한 목소리로 전화한 아빠에게 나는 뾰로통하게 말했다. 내 말이 핀잔같이 들렸는지 아빠는 "너 말을 왜 그딴 식으로 하니."라며 상한 기분을 드러냈다.

"꼭 그렇게 비꼬듯 얘기해야겠니?"

내가 아무 말도 않자 아빠의 언성이 높아졌다.

"이제 어린애 아니잖아! 철 좀 들어, 제발."

연이어 아빠가 닦달하듯 몰아붙였다.

"나도 너 때문에 힘들어. 그만 좀 떼써. 생일이 언제인지가 중요하니. 생일 축하한다고 말하는 게 중요하지."

아빠가 나 때문에 힘들다는 말을 한 건 그때가 처음이었다. 나는 아무렇지도 않다고 여긴 걸까. 상처가 될 비난을 감당할 나이라고 생각한 걸까.

"네가 떼를 쓰면 있잖아, 나도 생떼를 써야 해. 세상에 억지를 부리며 떼를 써야 한다고!"

그때 아빠의 목소리를 내내 듣고 있던 나의 기분은 어떻게 설명해야 할지 모르겠다. 아무리 곰곰이 생각해 봐도 내가 아빠에게 떼를 쓴 적은 없었다. 아빠는 그냥 내가 싫었던 것뿐이다.

방학이 끝나고 백 주년 기념 연주회 무대에 설 단원들의 명단이 발표되었다. 그 안에 내 이름은 없었다. 명단에 없을 거라고 생각하긴 했지만, 막상 명단을 확인하니 온몸의 세포가 기능을 상실하고 죽어 버린 것 같았다. 1학년은 몰라도 2학년은 웬만하면 무대에 세워 줄 거라는 아이들의 말에 은근히 기대를 품은 것도 사실이었다. 이쯤 되자 아무도 내가 노래하기를 원치 않는데 나만 계속 노래를 부르겠다며 억지를 부리는 것 같다는 생각이 들었다. 노래도, 합창부도, 학교도 다 싫어졌다. 속상한 마음에 명단을 다시 살펴봐도 내 이름은 없었다. 그런데 한 가지 이상한 점이 눈에 띄었다. 재현의 이름도 없었다.

―명단에 없어, 나.

마침 재현으로부터 메시지가 왔다.

―나야 그럴 수 있지만, 넌 왜?

―지금 만날 수 있어?

항상 헤어지는 곳에서 만난 우리는 버스를 타고 번화가 쪽으로 가기로 했다. 창가에 앉은 재현이 창문을 활짝 열어젖히자 내 얼굴로 시원한 바람이 가득 닿았다. 비가 그친 지 얼마 되지 않아 바람 결에서 물기가 느껴졌다.

"그런 느낌 알아? 자꾸만 내밀리는 느낌."

창밖을 넌지시 바라보다 고개를 반쯤 내 쪽으로 돌린 재현이 말했다.

그건 내가 자주 느끼는 감정이었다. 울타리 밖으로 배제되어 난간 밑으로 떨어지지 않으려 안간힘을 쓰는 내가 느끼곤 하는 감정.

"알지."

"누가 나를 싫어한다는 생각 해 본 적 있어?"

"누가 널 싫어……."

"이계영."

내 말이 채 끝나기도 전에 재현이 차가운 말투로 그 이름을 내뱉었다. 어설픈 위로나 농담은 도움이 될 것 같지 않았다. 그저 재현의 어깨 위에 가만히 손을 올려 두는 것 말고는 해 줄 수 있는 게 없었다. 재현은 창밖으로 팔을 길게 뻗은 다음 자신의 어깨에 얼굴을 기댔다. 흔들리는 재현의 고개 너머로 바깥 풍경이 그림자 속에 묻혔다 나타나기를 반복하며 지나갔다.

2

오디션 프로그램에서 최종 우승을 차지한 사람은 서지였다.

아이들로부터 서지가 우승할 만큼의 실력이 되냐는 얘기를 들었을 때 나는 단순히 나를 위로해 주려는 말인 줄 알았다. 그런데 기사와 댓글을 읽어 보니 그게 아니었다. 서지가 오디션에서 우승할 거라고 예상한 사람은 많지 않았다. 서지와 마지막까지 경쟁을 벌인 고채니라는 연습생의 우승을 점치는 여론이 우세했다. 화제성이나 팬덤 측면에서도 고채니가 서지를 훨씬 앞섰다. 그런 상황에서 고채니를 제치고 우승해 데뷔 조 센터가 된 서지가 직면하게 된 건 찬사가 아니라 비난과 악플이었다.

온라인 커뮤니티에는 제작진이 처음부터 대형 기획사 소속의 서지를 점찍은 다음 우승시킨 게 아니냐는 의혹의 글들이 올라오기 시작했다. 인지도를 끌어올리기 위해 다른 참가자들에 비해 과도하게 서지에게 방송 분량을 할애한 것이 아니냐는 의심부터, 실수 장면을 의도적으로 삭제했다는 의혹까지 다양한 글이 게시됐다.

심지어 미디어에서도 비중 있게 조작 의혹을 보도했다. 상황이 이렇게까지 되자 제작진이 직접 나서서 "특정 연습생에 대한, 이른바 '픽'이나 조작은 있을 수 없으며 관련 의혹을 악의적으로 제기하는 악플러에게는 관용 없이 법적 대응을 취하겠다"고 발표했다. 그럼에도 서지를 비난하는 영상은 계속 생산되어 끊임없이 유포되었다. '너 때문이잖아'라는 제목의 동영상에는 서지가 우승하는 장면과 고채니가 눈물을 흘리는 장면이 교차되어 나왔다.

너 때문이잖아.

장면이 바뀔 때마다 '너 때문이잖아.'라는 문장이 화면 중앙에 굵은 폰트로 삽입되었다. 고채니는 인지도 없이 역경을 딛고 최종 결승에까지 오른 사람으로 비치는 반면, 서지는 고만고만한 실력임에도 기획사의 후광으로 우승까지 차지한 염치없는 사람이 되어 있었다. 사람들의 비난에 서지는 침묵으로 일관했다. 그러는 동안 서지에 관한 기사와 댓글에는 항상 #너때문이잖아 해시태그가 따라다녔다.

—죽고 싶어.

서지의 메시지였다. 나는 서지의 메신저 계정을 차단하려다가 나중으로 미룬 것을 기억했다.

—그런 생각 하지 마.

고민 끝에 서지에게 메시지를 보냈다. 서지의 고통을 마주하고 싶은 생각은 없었다. 내 마음은 그 애의 고통을 알면서도 평온하고 차가웠다.

—대답을 해 줄 수 있어?

—뭘?

—나 때문인 것 같아?

—아니.

—그게 끝이야?

—그런다고 관둘 거 아니잖아. 어쨌든 넌 할 거잖아. 죽고 싶다고 거짓말하지 마.

—거짓말 같아? 나 할 수 있어. 죽을 수 있어!

해 봐. 그 두 글자를 썼다가 지웠다.

—그럼 그 마음으로 독하게 견뎌.

크게 숨을 들이마신 다음, 메시지 하나를 더 보냈다.

—나도 그랬으니까.

서지에게 상처 주고 싶은 마음과 복수하고 싶은 마음, 서지를 함께 손가락질하면서 비난하고 싶은 마음이 내 안에 있었다.

나는 어느새 서지와 연관된 일화로 다시 소환되어 동영상 클립에 등장했다.

제대로 음을 내지 못해 좌절한 나의 표정과 서지의 자신만만한 얼굴을 번갈아 클로즈업한 영상이 #너때문이잖아 해시태그와 같이 여러 채널에 게시되었다. 내 의지와는 상관없는 일이었다. 악의적으로 편집된 영상들을 보며 나는 무력감을 느꼈다. 대중의 비난을 온몸으로 받는 서지와 함께 영상으로 묶여 이곳저곳을 떠돌아다니면서 어느새 나도 그 사건의 일부가 되어 있었다.

3

학교는 며칠째 뒤숭숭한 분위기였다. 교육청에서 감사가 나와 조사가 진행되고 있다고 했다. 학교운영위원회 위원 중 한 명이 회계 문제를 교육청에 제보해 이뤄지는 감사라는 소문이 아이들 사이에서 돌았다.

재현과 나는 연주회 명단이 발표된 이후 합창부 연습에 참여하지 않고 있었다. 재현은 부모님의 의견대로 합창부를 그만두고 진로를 바꿀 결심을 한 상태였다. 재현이 없는 합창부에 더 이상 남아 있을 의미를 찾기가 힘들었다. 그렇게 합창부에서 지냈던 시절이 마감되나 보다 했다.

그런데 이계영에게서 요즘 자주 연락이 왔다. 합창부 연습에 나오라는 독촉이었다. 어떤 연유에서 참여하지 않고 있는지는 별로 중요하게 생각하지 않는 것 같았다. 이계영은 연주회가 이제 채 한 달도 남지 않았다고 하면서, 합창부 분위기를 해치지 말아 달라고 당부했다. 그 얘기를 전하자 재현 역시도 이계영에게서 비슷한 요청을 받았다고 했다. 메시지를 주고받는 와중에 재현은 우리가 요즘 자주 보지 못하고 있음에 섭섭해했고, 우리는 학교 운동장에서 만나기로 했다.

나는 왠지 조금 쓸쓸한 마음을 끌어안고 운동장 스탠드에 앉았다. 다들 자신이 가고자 하는 방향으로 나아가고 있는데 나만 혼자 갈피를 못 잡고 있는 것 같았다.

"권제주!"

손이 어깨에 닿는 감촉이 느껴졌다. 어느새 다가온 재현이 옆에 서서 웃고 있었다.

"합창부 연습하는 소리가 들리더라."

나도 모르지 않았다. 노래의 일부를 따라 부르기까지 했으니까.

"기분이 좀 이상했어. 우리가 거기 없다는 게."

나는 고개를 끄덕이며 잠자코 일어났다. 재현과 나는 학교 밖으로 함께 걸었다.

"합창부는 어떻게 할 생각이야? 계영이한테 답은 해 줘야 하잖아."

나는 슬쩍 그 얘기를 꺼냈다.

"이계영이 갑자기 왜 그런다고 생각해?"

재현이 되물었다.

"어?"

"감사 때문에 그런다는데, 엄마가."

"감사?"

"학교운영위원회가 지금 되게 시끄럽대. 발전 기금을 위원장이 강제로 모으고, 걷은 돈을 교장 선생님이 개인 용도로 썼다는 의혹이 있어. 근데 이계영 엄마가 위원장이잖아."

"알아, 그건."

"혹시 말이야, 계영이 엄마가 교장 선생님과 가까운 사이니까 백주년 기념 연주회 때 나를 제외해 달라고 한 게 음악 선생님한테까지 전달된 게 아닐까?"

혹시라고는 했지만 재현은 확신하는 눈치였다.

"그냥 좀 정이 떨어졌어. 합창부도, 음악도. 부모님 말대로 일반인 서울 대학에 가는 걸 목표로 해 보려고."

나는 어두워진 재현의 표정을 잠시 바라보다 노래를 흥얼거렸다. 내가 흥얼거리며 몸을 움직이자 재현이 얼굴을 붉히면서도 재미있어했다.

"너 되게 잘한다."

"그래? 누가 그러던데. 재주 많은 제주라고."

"누가?"

"어떤 미친 사기꾼이."

찰스를 생각하니 나도 모르게 막말이 튀어나왔다.

"앗!"

내 입에서 그런 말이 나올지 몰랐다는 듯이 당황한 재현이 손으로 입을 가로막았다.

"너 이런 거 좋아하는구나?"

의외라는 듯 내가 말하자 재현이 허리를 굽힌 채 한참을 웃었다. 그렇게 우리는 오래 걸었는데, 나는 재현의 감정 상태가 점점 무거

위지는 걸 느꼈다. 간혹 스쳐 지나가는 자동차와 오토바이의 불빛에 비친 재현의 얼굴은 무표정에 가까웠다.

"서지한테 연락이 왔었어."

재현이 뜻밖의 말을 건넸다.

"죽고 싶다고."

내게도 똑같은 연락이 왔었다고 재현에게 말하지 못했다.

"연락해 봤어?"

"전원이 꺼져 있어. 넌 연락해 봤어?"

나는 갑자기 그 자리에 주저앉고 싶은 심정이 되어 절망적으로 고개를 저었다.

"서지가 많이 힘든가 봐."

재현의 말이 왜 가슴을 찌르는지 알 수 없었다. 서지에게 상처가 될 말을 했다는 사실이 죄책감으로 되돌아와 마음을 진정할 수 없었다. 나는 자신 없는 목소리로 속삭이듯 재현에게 물었다.

"설마, 서지가 정말 그러진 않겠지?"

재현이 발걸음을 멈추고 나를 말끄러미 바라보았다. 그 눈빛에 속마음을 들킬까 봐 마주 보지 못하고 고개를 떨구었다.

4

걸스 온 트웰브 탑 데뷔 조로 선발된 연습생들의 기획사들이 합
동으로 기자 회견을 열어 향후 활동에 서지를 당분간 배제하겠다
는 입장을 발표했다. 서지의 상황이 나아지기만을 기다릴 수 없어
서지를 제외한 채 활동에 임하겠다는 내용이었다. 그 발표 이후 서
지의 기획사는 다른 기획사들과 활동에 대한 논의를 한 적이 없다
며, 데뷔 조에서 서지를 빼내려는 의도라고 항의했다. 이런 상황에
서 기획사들의 협의를 이끌어야 할 제작진이 안일하게 대응한 책
임이 있다며 논란의 불길이 옮겨붙자, 방송사는 멤버들의 활동은
기획사들끼리 조율할 문제라며 서둘러 선을 그었다.

기획사들끼리 힘겨루기를 하는 동안 서지는 어디에도 보이지 않
았다. 서지와는 상관없는 어른들의 싸움이었고, 아무도 서지의 미
래에 대해서는 언급하지 않았다.

계속되던 논란이 한쪽으로 기울어진 것은 서지 기획사가 서지와
계약을 종료하기로 하면서였다. 서지가 현재 공황 장애를 겪고 있

어 활동보다는 치료와 회복이 먼저라며 기획사는 그 이유를 밝혔다. 기사마다 계약 종료에 대한 해석이 분분하면서도 대체로 이미지가 실추된 서지를 기획사가 포기한 것이라는 내용이 주를 이루었다. 계약이 종료되었다는 기사가 발표된 직후, 방송사는 서지를 제외한 멤버들만 출연하는 프로그램을 기획하겠다고 했다. 서지는 우승자에서 이제는 아무도 원치 않는 사람이 되어 있었고, 투명 인간처럼 어느 누구에게도 모습을 보이지 않은 채 자기를 향한 도 넘은 악플과 비난을 모두 떠안아야 했다.

이제는 서지를 상관없는 사람으로 여기고 싶어 하던 마음이 잇따라 요동치며 나를 우울하게 했다. 서지를 질투하고 미워하는 마음이 없지는 않았지만, 그 정도까지는 아니었다. 서지가 매일 수많은 악플과 비난을 겪으며 공황 장애를 앓고, 데뷔조차 못한 채 모습을 숨기고 지내는 걸 원치 않았다. 나는 서지를 향한 미움이 그 애 불행의 단초가 된 것은 아닐까 하는 죄책감에 시달렸다. 서지를 향한 비난이 거세질수록 내 안의 죄책감도 조금씩 커지며 마음을 좀먹었다.

내가 서지에 관한 일로 고통받고 있다는 걸 겨우 정빈에게 전화로 고백했다. 그렇게라도 하지 않으면 마음을 무겁게 짓누르는 우울을 떨쳐 낼 수 없을 것 같았다.

"네가 느끼는 죄책감은 서지가 너한테 보내는 메시지야."

"어째서?"

"서지의 고통이 어떤 건지 너도 경험해 봐서 알잖아?"

"알지."

"서지가 원하는 건 너의 도움일지도 몰라."

나의 도움.

"그러니까 연락해 봐. 그러지 않으면 계속 마음이 복잡할 거야."

정빈의 말을 듣고 나는 서지를 한번 찾아가 봐야겠다고 생각했다.

"넌 벌을 받을 필요가 없어."

대뜸 그 말을 던진 뒤에 정빈은 "벌을 받아야 하는 건 나지." 하며 호기롭게 말했다.

"그래서 말인데."

정빈이 자꾸 뜸을 들여 무슨 말을 하려나 싶었다.

"응, 얘기해."

"나 좀 맞고 싶어."

무슨 소리냐는 내 말에 정빈은 "너희 아버지 격투기 체육관 등록했어." 하고 대답했다. '이런 미친…….'이라는 소리가 속에서 절로 흘러나왔다.

"더는 회피하지 않기로 했어. 나도 너처럼 내가 원하는 걸 해 보려고."

정빈은 약 올리는 것처럼 느껴질 정도로 차분히 말했다. 나는 무슨 헛소리냐며 온갖 욕을 퍼붓고 싶었다.

"열심히 할게."

"야, 유정빈!"

내 외침에도 정빈은 아랑곳하지 않는 눈치였다. 이미 격투기에 깊이 빠져 버린 듯한 느낌이었다. 내 힘으로는 말리지 못하겠구나 싶었다.

"난 좀 맞아 봐야 해, 정말."

그 말로 정빈은 내게 허락 아닌 허락을 구하는 듯싶었다. 아빠에 이어 감당해야 할 골칫거리가 하나 더 늘어났다는 생각에 나는 아찔해졌다.

선호수 피디로부터 연락이 왔을 때 나는 받기를 주저했다. 가누기 어려운 복잡한 마음이 전화를 받으면 더 혼란스러워질 것 같았다. 세 번째 걸려 온 전화를 무시하기는 어려워 통화 버튼을 눌렀다.

"잘 지냈어, 제주?"

활기가 넘치다 못해 장난스러움마저 느껴지는 목소리였다.

"딴 게 아니라, 제주야. 우리 방송에 한번 출연해 주면 어떻겠니?"

나는 그가 아무래도 농담을 하고 있다고 생각했다.

"그냥 우리 오디션 프로그램을 되돌아보는 다큐라고 생각하면 돼."

"안 해요."

단번에 잘라 말하자 휴대폰 너머에서 선 피디가 호흡을 고르는 소리가 들렸다.

"아, 별건 없어. 오디션에서 서지랑 불편했던 얘기만 해 주면 돼."

"서지요?"

"그래, 너도 알겠지만 이번에 선발된 애들이 서지 없이 활동하기로 했거든. 그룹 이름도 걸스 온 일레븐으로 바꾸고. 그래서 서지가 어쩔 수 없이 정리된 이유와 새로 시작하는 애들의 포부 같은 걸 함께 담으려……."

"근데 제가 왜 거기 출연해요?"

"아니, 뭐 이유가 있다기보다 방송 나오면 좋잖니. 앞으로 활동하고 싶은 생각 있는 거 아냐?"

선 피디도, 기획사들도 한 가지 길로만 연습생들을 내몬다. 그 길로 갈 수 있다며 아이들을 부추겨 이용하고, 그 길 밖은 생각할 겨를을 주지 않는다.

"저는 이제 그쪽으로는 가고 싶지 않아서요."

거절의 뜻을 분명히 밝히는 게 좋겠다고 생각했다.

"근데 제주 너도 서지 때문에 좀 억울한 감정이 있지 않니? 그런 걸 솔직히 얘기하면 돼……."

그의 질문이 징그러운 벌레가 되어 몸을 타고 오르는 느낌이었다.

"선호수 피디님."

"어?"

"서지가 죽기라도 하면 어떡하실 거예요?"

"뭐? 야, 너 왜 말을 그렇게 함부로 하니?"

선 피디가 대뜸 화를 냈다. 그도 그런 사람일지 모르겠다. 서지가 완전히 파괴되기를 바라는 사람. 완전히 부서져 흔적조차 남지 않아 자기 앞길을 방해하지 않기를 원하는 사람.

"너도 서지 싫어한 건 사실이잖니."

이해가 안 된다는 듯 짜증이 섞인 말투로 내뱉은 말이었다. 그때 문이 열렸다. 죄책감으로부터 스스로를 방어하던 문이. '너도 그런 사람이었잖아.' 나를 심문하는 목소리가 내게 달려든다. 나는 말없이 전화를 끊어 버리고, 허리를 숙인 채 휴대폰을 꼭 쥐고 중얼거렸다.

"다 꺼지라고. 꺼지라고!"

아무도 들을 수 없는 말을 입 속에서 되뇌자 이유를 알 수 없는 울음이 목까지 들어찼다.

5

몇 명의 학부모들이 교장 퇴진과 학교 운영 정상화를 요구하는 플래카드를 들고 교문 앞에서 시위를 벌이기 시작했다. 등하굣길에 시위를 목격하면서도 영문을 모르던 학생들이, 며칠이 지나서는 그 이유를 대부분 알게 되었다. 학부모들 사이에서 흘러나온 말이 아이들을 통해 학교로 퍼져 나갔기 때문이었다.

학교운영위원회 위원장인 이계영의 어머니가 운영위원들에게 학교 발전 기금을 강제로 납부하게 하고, 교장 선생님이 발전 기금의 일부를 사적으로 유용했다는 소문이 공공연한 사실처럼 떠돌았다. 학교 행정 직원으로 채용된 이가 이계영 어머니의 지인이라는 얘기, 합창부 운영에 이계영 어머니가 적극적으로 관여했다는 얘기도 소문으로 따라붙었다.

어쩌다 마주쳐도 눈길 한번 주지 않던 음악 선생님이 나를 따로 부른 건 그즈음이었다.

"연습 안 나오니?"

음악 수업을 마치고 복도로 나섰을 때 옆으로 다가온 음악 선생님이 말했다. 가쁜 숨을 몰아쉴 정도로 갑작스러운 순간이었다. 가늘게 뜬 선생님의 눈이 내 주변을 살폈다. 반 친구들이 모두 지나가기를 기다리는 눈치였다. 곤란한 마음에 고개만 꾸벅 숙이고 그냥 가려는데, "제주야." 하고 선생님이 불러 세웠다. 선생님이 나를 이름으로 부른 건 처음이었다. 선생님한테 나는 항상 '애' 아니면 '쟤'였으니까.

"요즘 어때?"

이전과 달리 밝아진 선생님의 얼굴을 보고 어떻게 대답해야 할지 망설이는 내게 그는 "오늘 야자 가기 전에 잠깐 볼 수 있을까?" 하고 물었다.

"중요한 얘긴데, 꼭 오늘 했으면 해서."

무척이나 진중하게 요청하듯 말했기 때문에 나는 끝내 거절하지 못했다.

"그럼 이따 보자."

모든 수업이 끝나고 교사실로 들어서자마자 선생님은 "어, 제주야." 하고 얼른 나를 알아봤다. 내가 오기를 내내 기다렸다는 듯이. 나를 자리에 앉히고 난 뒤 선생님은 안도하는 표정을 지었다.

"오늘 이렇게 보자고 한 건, 합창부 연습에 다시 참여하라고 권해 주고 싶어서야."

"계영이한테 이미 그만둔다고 얘기했는데요."

나는 담담하게 말했다.

"어, 그게."

선생님의 시선이 허공을 초점 없이 갈랐다.

"제주 네가 연주회 무대에 서는 게 좋겠어서."

"저는 제외된 걸로 알고 있는데요."

"그러니까 그게……."

나를 향해 정확한 음을 내지 않는다며 인상을 구기던 선생님은 없었다. 선생님은 맞잡은 양손을 비비며 초조한 모습을 보였다.

"교장 선생님 뜻이란다."

나는 순간 할 말을 잊었다.

"제주 네가 오디션 프로그램에 나갔던 걸 아셔. 거기서 안타깝게 떨어진 것도 아시고."

오디션 얘기까지 나오자 약간은 혼란스러운 상태가 되었다.

"그게 마음에 걸리셨나 봐. 연주회 명단에 포함되지 않은 걸 아시더니 꼭 넣었으면 좋겠다고 말하셨어."

"교장 선생님이 절 아세요?"

"어, 알고 계셔."

내가 악플을 받은 것도 알고 계시냐고 묻고 싶었다. 그만큼 뒤늦게 연주회 명단이 번복되는 게 생뚱맞게 느껴졌다.

"선생님은요?"

"뭐?"

"선생님은 제가 무대에 설 실력이 아니라고 생각하시잖아요."

선생님은 할 말을 찾는 듯 골똘한 표정으로 나를 바라보다가 말했다.

"어디에나 예외는 있잖니."

거기까지 듣고 나서야 나를 무대에 세우는 게 교장 선생님 뜻이라는 말을 이해할 수 있었다. 선생님은 여전히 나를 인정하지 못하는 기색이었고, 교장 선생님의 지시로 어쩔 수 없이 나를 설득해야만 하는 상황 같았다.

"그럼 재현이는요?"

"아, 재현이. 마침 말 잘 했다. 재현이랑 연락하지? 수업 끝난 뒤에 보자고 말은 했는데 도통 찾아오지를 않네. 연락도 안 받고. 연주회 명단에 오르지 못해 맘이 상했는지⋯⋯. 재현이한테 얘기 좀 전해 줄 수 있겠니?"

마주 보는 선생님의 눈 속에는 내게 뭔가를 기대하는 눈빛이 있었다. 나는 그런 눈빛을 잘 알고 있었다. 찰스와 선호수 피디, 작가 언니가 내게 보였던 눈빛.

"저도 부탁 하나 해도 될까요?"

선생님은 의아한 표정으로 나를 빤히 쳐다보다가 "그럼." 하고 말했다. 나는 선생님의 제안을 거절하지 않는 대신 다른 방식을 택하기로 했다. 내가 원하는 것을 제시하는 방식 말이다.

나는 메신저로 재현에게 선생님을 만난 얘기를 전했다. 재현은 메시지를 보고도 답이 없었다. 합창부 얘기를 꺼내는 걸 예민하게 받아들이니까 그럴 수도 있겠다 싶었다. 하루가 지나서야 도착한 재현의 메시지는 "그거 다 뻔한 거야."였다. 교육청 감사 중에 괜한 얘깃거리가 나오는 것을 원치 않아 그러는 거라고 재현은 말했다. 이계영이 원치 않아 재현이 연주회 무대에 서지 못하게 되었다는 건 합창부 단원들도 다 아는 사실이었다. 이계영의 어머니가 교장을 통해 음악 선생님에게 영향을 미쳤다는 사실을 모르는 사람은 없었다.

재현은 합창부야 어떻게 되든 이제 자신이 상관할 일이 아니라고 했다. 재현은 음악에 대해서는 완전히 미련을 떨쳐 내고 싶어 하는 것 같았다. 그런 재현을 이해할 수 없는 것은 아니었다.

나는 선생님에게 제안한 게 있다는 얘기를 이어서 꺼냈다. 그 제안이 이뤄지기 위해서는 네가 합창부에 다시 들어와야 한다는 말도 함께. 얘기를 들어 보던 재현은 다행히 단칼에 거절하진 않았다. 생각할 시간을 조금 달라고만 했다. 거기서 끝내지 않고 나는 한 가지 부탁을 더 했다.

서지의 집에 찾아가 보자는 부탁이었다.

#

재현은 나의 제안이 의외라는 듯 당황하면서도 선뜻 응해 주었다.

서지의 집으로 가는 길은 내가 사는 동네와 비슷하게 느껴졌다. 비좁고 가파른 비탈길을 따라 걷는 동안, 얽히고설킨 전깃줄들이 멀리 보이는 높은 빌딩을 칭칭 감고 있는 것처럼 보였다. 나는 잠시 멈춰 재현에게 합창부에 다시 들어가는 것에 대해 어떻게 생각하는지 물었다.

"……아직은."

나는 재현의 마음을 읽고 "그래, 굳이 다시 들어가지 않아도 돼."

하고 말했지만 조금 서운한 기분이 들었다.

재현과 나는 다시 걷기 시작했다. 간신히 한 사람만 통과할 수 있는 길을 겨우 지났고, 새가 그려진 벽화에 등을 대고 양팔을 뻗어 보기도 했다. 위로 오를수록 길은 더 좁고 가팔랐다.

완전히 어두워지기 전에 미리 켜진 가로등이 헛헛한 표정으로 거리를 비췄다. 낮은 담장 앞에 놓인 화분 속 식물이 바람에 부르르 떨었고, 거리의 회화나무 잎들은 우수수 흔들렸다. 소박하면서도 아름답고 서늘한 풍경이었다. 우리가 걷는 동안 어둠은 동네 구석구석에 스며들었다. 어둠에 익숙해질 즈음, 우리는 서지가 사는 빌라에 도착했다.

서지는 내내 연락이 되지 않았으므로 우리가 초인종을 눌렀을 때 안에서 서지가 나올 거라는 기대는 하지 않았다. 이왕 마음을 잡고 온 이상 그냥 갈 수는 없어 두어 번 초인종을 누른 후 뒤돌아서려던 참이었다. 문을 열고 한 여자아이가 얼굴을 내밀었다. 서지의 동생이라고 자기를 소개한 그 애의 얼굴은 온통 눈물로 범벅이 되어 있었다. 우리가 서지의 친한 친구라고 소개하자 그 애는 다시 울음을 터뜨렸다. 영문을 모르는 우리는 그 모습을 우두커니 보며 서 있다가 전혀 예상치 못한 소식을 듣게 되었다. 서지가 응급실에 실려 갔다는 얘기였다.

"서지가 왜요?"

그때까지만 해도 설마 하는 생각이었다. 나는 팔을 뻗어 재현의 손을 꼭 쥐었다.

"죽고 싶었대요."

동생이 나지막이 말했다. 나는 아무 말도 할 수 없었지만 마음속 깊은 곳 어딘가에서 나오는 비명이 귓가를 어지럽혔다. 그치지 않는 눈물을 자꾸만 훔치면서 서지 동생은 서지 어머니의 전화번호를 알려 줬다.

나는 재현의 손을 잡고 어느새 비탈길을 뛰어 내려가고 있었다. 머릿속으로 자꾸 떠오르는 끔찍한 생각을 지우려 애를 쓰며 서지가 있는 병원으로 발걸음을 빨리했다.

병원 앞에서 우리는 서지의 부모님을 만날 수 있었다. 그러나 우리는 응급실 안으로 들어가지 못하고, 서지 부모님의 권유대로 집으로 돌아가야만 했다. 서지의 상태에 대해 거듭 물었지만 부모님은 나중에 알려 주시겠다고만 했다.

우울한 마음을 안고 집으로 돌아가는 길에 나는 서지가 정말로 죽는 건 아닐까 하는 생각 때문에 소름이 끼쳤다. 무서운 건 서지의 죽음만이 아니었다. 내가 서지를 죽게 만든 사람으로 지목되어 익명의 사람들에게 다시 시달리게 될까 봐 두려웠다. 서지의 위급한 상황을 앞에 두고도 자신을 먼저 생각하는 내가 정말 싫었다.

6

아빠의 경기를 깨진 휴대폰 화면으로 본다.

시합 전에 나는 아빠에게 이번 경기를 마치면 운동을 그만둘 거냐고 메시지를 보냈다. 다그치는 말에 아빠는 화가 났는지 대답이 없었다. 아빠는 듣기 싫은 말을 하는 내가 가끔 징그럽다고 했는데, 그건 합창부에서도 들은 말이었다. 징그러운 반음. 내가 정말 그런 존재인지 아빠에게 묻고 싶었다.

—내가 불완전한 반음 같아?

나는 대답이 없는 휴대폰을 가만 바라보기만 했다.

—내가 징그러워?

그래도 답이 없었다. 평소 같으면 전화를 해서 왜 쓸데없는 말을 하냐며 큰소리로 화를 냈을 텐데, 오늘은 아니었다. 시합을 앞두고 아빠는 참고 있었다.

아빠의 상대는 한눈에 봐도 젊고 패기가 넘친다. 아빠는 무표정한 얼굴로 링을 왔다 갔다 한다. 비장해 보이는 아빠와 다르게 상대는 왕성한 혈기를 표출한다. 감정을 제어하는 사람과 드러내는 사람의 대결이다.

지금까지 아빠를 이긴 상대는 더 인기를 얻거나 다른 유명한 격투기 단체로 이적하는 경우가 많았다. 아빠는 쉽게 지지 않아서 상대방을 돋보이게 한다고 응수 아저씨가 내게 위로처럼 말해 준 적이 있다. 그 뒤에는 아빠가 이길 마음은 없고 끝까지 대항하는 역할을 하고 싶은 게 아닐까 생각한 적도 있다. 그만큼 아빠는 많이 졌고, 경기 과정도 매번 처절했다.

휴대폰 화면 속 젊은 선수가 주먹을 뻗자 아빠의 머리가 흔들린다. 아빠는 상대의 근접 타격을 제대로 피하지 못해 많이 맞은 데다가, 한 박자 늦은 헛손질이 잦아 자세와 균형이 무너진다. 몸의 중심이 흐트러지자 하체는 물러서는데 상체는 상대 쪽으로 기운다. 결국 아빠의 오른쪽 눈두덩이가 찢어져 피가 흐른다.

"빠져, 빠져! 스텝을 밟아, 스텝을!"

케이지 바깥에서 아빠를 향해 외치는 소리가 들린다.

"빠지라니까!"

카메라가 외침이 들리는 쪽을 향한다. 응수 아저씨 옆에 낯익은 사람이 한 명 보인다. 정빈이다. 정빈은 이미 완전히 몰입해 금방이라도 울음을 떨어뜨릴 것 같은 표정이다. 아저씨의 목소리는 크다 못해 성이 났다. "몸이 무거워 보이는데요." 해설자가 낮은 목소리로 중얼거린다. 겨우 아빠가 좁은 공간을 벗어났지만, 잠시였다. 상대가 간격을 벌리지 않고 아빠를 따라붙어 압박한다.

아빠가 숨을 몰아쉰다. 상대가 오른 주먹을 날리면 아빠는 두 팔을 들어 올려 막는다. 상대의 왼손이 크게 원을 돌아 아빠의 얼굴로 묵직하게 떨어진다. "계속 허용하네요." 나른한 해설자의 목소리.

상대가 아빠의 허리 쪽으로 달려든다. 아빠가 케이지까지 밀려 부딪힌 다음 바닥에 넘어진다. 상대가 등 뒤에서 다리로 아빠의 하체를 휘감는다. 아빠는 어딘가에 걸려 날아가지 못하고 날개를 퍼덕이는 새 같다.

아빠의 경기 장면 위로 재현의 메시지 알림이 떴다.

서지가 병원에 실려 가기 전 자신의 유튜브 채널에 올려놓은 녹취록이라며 재현이 보낸 링크였다. 나는 누운 채 아빠의 경기를 보다가 재현이 보내 준 링크를 클릭하고는 자리에서 일어나 앉았다. 검은 화면 속에 비치는 것은 아무것도 없고, 남자와 여자가 주고받는 대화 음성이 흘러나왔다. 화면 아랫부분에 대화 내용이 자막으로 보였다. 선호수 피디와 서지의 대화였다.

선호수 피디: 아니, 서지 네가 요즘 그런 공격을 받는 게 우리 탓은 아니잖니.

서지: 그래도 데뷔는 시켜 주셔야 하는 거 아니에요? 우승한 사람의 권리잖아요.

선호수 피디: 너 몸도 좋지 않다며. 게다가 소속사도 없잖아, 지금은.

서지: 지금은 그렇죠.

선호수 피디: 이런 상황에서 어떻게 활동을 같이해. 프로젝트 그룹은 활동 기한이 있어요. 멤버 개인 사정을 다 봐줄 여력이 없어. 네가 우릴 이해해 줘야 해.

서지: 활동할 수 있는지 제 의견은 안 물어보셨잖아요. 저 활동하지 않는다는 거 기사 보고 알았는데요.

선호수 피디: 네가 되게 힘든 상황이잖니. 안 그래도 악플러들하고 유튜버들 때문에 괴로울 텐데, 우선 건강을 챙겨야 하지 않겠니?

서지: 피디님, 제가 잘못한 건 없잖아요.

선호수 피디: 너보고 잘못했다 그러는 게 아니잖아. 우리도 욕 많이 먹은 거 알지?

서지: 제 탓처럼 말씀하시네요.

선호수 피디: 이런 말 하기 좀 그렇지만, 우리가 이 상황을 자초한 건 아니잖아. 어떻게 보면 너 스스로 초래한 거야. 근데 우리보고 책임지라고 하면 말이 안 된다고 생각하지 않니? 우리가 너 서포트 많이 해 준 거 몰라? 고마운 감정이라고는 없어?

서지: 피디님, 저도 답답해서…….

선호수 피디: 넌 그냥 이 기획의 세트고 배경이야. 그렇게 생각하면 편해. 우승했다고 뭐라도 된 것 같아? 네가 오만해졌다고는 생각 안 하니? 우승 상금도 받았잖아. 우승 이후에 일어나는 일은 철저히 참가자 개인의 문제야. 우린 아무 관련이 없어.

서지: 이제 와서요?

선호수 피디: (한숨 푹) 야, 몇 번을 말해! 말귀 못 알아듣니?

서지: 소리치지 마세요.

선호수 피디: 추악한 이미지 만들어 놓은 건 넌데, 우리보고 어떻게 하라고, 응? 아니, 얘기를 해 봐. 그걸 다 우리가 책임져? 뭘 어떻게 해야 하는데!

서지: (흐느끼는 소리)

선호수 피디: 막말로 소속사도 너를 버렸잖아. 근데 우리가 어떻게 책임을 져. 지금 너 때문에 그룹이 아무 활동도 못 하고 있어. 민폐라는 생각은 안 드니?

민폐라는 생각은 안 드니? 그 말이 가슴을 뾰족하게 찌르는 것 같았다. 막다른 곳에 몰린 막막함과 수치심으로 위태롭게 흔들리던 그때의 느낌이 생생하게 되살아났다. 영상을 끝까지 보기 힘들어 창을 닫았다. 그러자 아빠의 경기가 다시 보였다.

일그러진 아빠의 얼굴이 클로즈업되어 있다. 맞은 자국들이 부풀어 올랐고, 닦아 내지 못한 피가 흐른다. 팔과 어깨 사이로 파고드는 상대의 주먹을 아빠가 필사적으로 막아 낸다. 상대의 팔이 목을 감아서 조르면 아빠는 경기를 포기할 수밖에 없을 것이다. 화면 밑부분에 남은 시간이 보인다. 일 분 조금 넘게 남았다. 반쯤 감긴 아빠의 얼굴이 클로즈업된다. "어려울 것 같은데요." 경기 양상이 지루하다는 듯 권태로워하는 해설자의 목소리가 들린다.

—서지 위급 상황은 넘겼대. 서지 어머님한테서 연락 왔어.

재현의 메시지를 보고 나는 곧바로 전화를 걸었다.

"서지 괜찮대?"

"응, 간밤에 위세척하고 지금은 휴식을 취하고 있대."

"그래?"

나는 떨리는 음성을 겨우 진정하면서 물었다.

"응, 괜찮은가 봐."

죽고 싶다던 서지의 말을 나는 떠올렸다. 그때 서지에게 연락했더라면 이런 일은 없었을까.

"가서 볼 순 없고?"

목소리가 갈라져 겨우 소리를 내어 물었다.

"어머님이 그럴 경황은 아니라고 하셔. 나중에 상태가 좀 나아지면 얘기해 주시겠대."

"알겠어, 그럼."

"제주야."

막 전화를 끊으려는 참이었다.

"누구의 탓도 아냐. 알지?"

다시 경기 장면을 보니 젊은 선수의 팔이 아빠의 목을 조르고 있다. 아빠가 힘겹게 손을 들어 바닥을 두드리자 심판이 달려와 젊은 선수의 팔을 떼어 낸다. 젊은 선수가 벌떡 일어나 포효를 하며 두 팔을 추켜올린다.

웅수 아저씨와 정빈이 아빠에게 달려갔다. 웅수 아저씨가 수건으로 아빠의 눈가와 입가에 묻은 피를 닦아 내자 얼마간은 말끔해졌다. 아빠가 몸을 일으켜 케이지에 등을 기댔다. 한쪽 다리를 굽히고 다른 한쪽 다리는 벌린 채였다. 아빠의 두 다리가 그렇게 얇고 앙상한 줄은 처음 알았다.

아빠는 거친 숨을 몰아쉬며 젊은 선수가 케이지 위에 올라가 환호하는 모습을 맥없이 쳐다보다가 천천히 일어선다. 한 번 휘청거렸다가 다시 중심을 잡고 젊은 선수에게 다가간다. 케이지에서 내려온 젊은 선수가 아빠를 본다. 아빠가 그냥 지나치려는 젊은 선수의 팔을 붙잡고 손을 내민다. 젊은 선수는 아빠의 손을 내려다보다가 무시하고 간다. 아빠가 케이지 밖으로 나가는 모습이, 클로즈업된 젊은 선수의 얼굴 뒤편으로 조그맣게 보이다가 사라진다.

그게 끝이었다.

뒷모습이 되는 일. 그게 패자의 일이었다.

아빠가 경기장에서 나오면 바로 전화를 걸어야겠다고 생각했다. 오늘은 꼭 내가 먼저 전화를 하겠다고 다짐했다. 아빠는 항상 지는 사람이어서 응원하는 사람이 별로 없었다. 어차피 지게 될 거라고 다들 생각했고, 나조차도 응원해 주지 못했으니까.

아빠, 격투기 그만두지 말아.

전화를 걸어 그렇게 얘기해 줄 참이었다. 속으로 차오르던 울음이 밖으로 쏟아져 나왔다. 이유 모를 눈물을 하염없이 흘려보냈다.

#

너를 미워한 적이 있었다고 서지에게 솔직히 고백하고 싶었다. 그것 말고는 죄책감을 덜 방법을 찾을 수 없었다.

그러나 나는 서지를 만날 수 없었다. 서지는 병원에 입원해 있는 동안 아무도 만나지 않기를 원한다고 했다. 기자들이 계속 찾아와 병원을 옮겼다고 들었는데, 옮긴 병원이 어딘지는 알 수 없었다. 혹시나 해서 서지의 휴대폰으로 전화를 걸자 없는 번호라는 안내가 들려왔다.

나는 서지의 집으로 향했다. 낡은 빌라 입구 한편의 우편함에 편지를 넣었다. 언젠가 다시 돌아올 서지가 읽기를 바라면서.

서지야, 가진 게 많다고 생각하면 부자라고 했던 너의 말을 기억해.

난 정말 네가 부자라고 생각했었거든. 넌 모자람이 없는 사람처럼 보였으니까. 그래서 널 멀리하려고 애쓴 것 같아. 네 옆에 서면 내가 더 작아지게 되니까.

서지 널 방송국에서 만났을 때의 감정을 나는 아직도 기억해. 너를 넘어설 수 없다는 사실을 깨달은 뒤 할 수 있는 일은 너를 원망하는 것뿐이었어.

무언가가 되고 싶다는 절실함마저 나는 너보다 크지 않았으니까. 너를 보면 조급한 마음이 생기곤 했어. 뺏고 싶은 마음 말이야. 그래, 네가 가진 걸 나도 가지고 싶었어.

그런데 내가 정말 바랐던 건 네가 없어지는 것이었어. 네가 아무렇게나 되어도 상관없다고 생각했어. 그 생각이 얼마나 잔인했는지 너에게 고백하고 싶어서 편지를 써.

서지야. 너의 마음을 숨어서 짓이긴 나의 어리석음을 용서해 줘. 네가 기운을 잃지 않았으면 좋겠어.

제주가.

7

재현은 긴 고민 끝에 합창부에 돌아왔다. 선생님은 다시 돌아온 재현과 나에 대해서 특별히 언급하지는 않았다. 우리는 예전에 앉았던 자리로 스며들듯 들어가 노래를 불렀다.

"연주회까지 이제 얼마 남지 않은 거 알지?"

선생님 눈가의 주름이 거뭇하게 도드라져 보였다. 언뜻 보기에도 수척하고 피로한 듯싶었다. 부드럽게 옆으로 넘기던 머리칼은 수세미처럼 단단하게 엉켜 있었다.

"교장 선생님께서 특별히 신경 많이 쓰시니까 이번엔 정말 잘해야 한다, 너희들."

지친 기색에 짜증이 뒤섞인 말투였다. 학교 설립 백 주년을 기념하는 큰 행사여서 많은 외부 인사들이 찾아올 거라며 선생님은 연습 내내 입버릇처럼 연주회의 중요성을 강조했다.

아이들 사이에서는 감사 때문에 곤란한 상황에 놓인 교장 선생님이 백 주년 기념 연주회를 통해 비난 여론을 잠재우고 싶어 한다는 얘기가 오갔다. 누군가는 이계영 어머니가 내년에 시 의원 후보로 나설 예정이라며 정치인들이 올지도 모른다는 얘기를 했다. 이계영 어머니가 학교운영위원장 자격으로 무대에 올라 인사말을 할 거라는 소문을 자신의 부모님에게서 들었다는 아이도 있었다.

그런 얘기를 듣고 있다 보면 지쳐 보이는 선생님의 표정이 이해되지 않는 것도 아니었다. 어느 순간부터 합창부 운영에 선생님의 의견은 거의 반영되지 않는 듯했다. 소문이 하나씩 사실이 되는 게 많았다. 연주회 날짜가 점점 다가올수록 선생님은 말수가 없어지고 예민해졌다. 그런 탓에 나는 선생님이 나와 한 약속을 지킬 것인지 확신할 수가 없었다.

재현은 나를 도와 다른 단원들을 설득하는 데 열심이었다. 처음에는 다들 난색을 보이며 피하고 싶어 했다. 분란이 될 소지를 애써 만들고 싶어 하지 않았다.

하지만 아이들은 점차 설득되었다. "어차피 노래 부르는 합창부는 이제 없어." 대체로 그 대목에서는 머뭇거렸다. "합창부가 왜 그렇게 되었는지 잘 알고 있잖아." 다들 알고 있었다. 여기서 더 물러날 수 없다는 걸.

재현과 나의 뜻에 동감한 아이들과 따로 만나기 시작했고, 점점 그 숫자가 늘어났다. 그곳에는 지휘하는 사람이 없었고, 우리는 스스로 화음을 맞추었다. 누구의 도움 없이 우리 스스로 해 나가는 일이었다. 모임을 이어 가는 동안 어느덧 연주회 날이 바로 코앞까지 다가왔다.

8

　서지에게 그 일이 있고 나서야 악플은 조금씩 사라지기 시작했다. 서지를 지속적으로 비난하고 저격하던 한 유명 유튜버가 방송을 통해 사과를 하고 계정을 삭제했다. 걸스 온 일레븐이라는 이름으로 활동을 시작하려던 걸 그룹의 데뷔는 없던 일이 되었다. 소속사별로 개인 활동을 하기로 했다는 내용의 기사가 보도되었다. 오디션 프로그램을 방영했던 방송사는 서지와 선호수 피디의 녹취록이 공개된 이후 선호수 피디를 징계 처리했다. 방송사 채널과 에스엔에스에서는 새로운 보이 그룹 오디션 프로그램을 홍보하는 티저 영상과 광고가 연일 흘러나왔다. 방송사는 잘못 찍힌 오점을 지워 내려는 것처럼 서지와 관련된 흔적을 숨기고 새로운 오디션 프로그램 홍보에 열을 올렸다.

　서지의 소식은 여전히 들을 수 없었고, 여러 방법으로 연락을 해도 소용없었다. 가끔 서지의 집으로 갔다가 우편함에 넣어 둔 편지를 다시 가져올까 고민했지만 망설이다 그냥 돌아섰다. 서지의 집에서 내려오는 길에 보이는 높고 넓은 하늘을 오랫동안 바라보다가 돌아가고는 했다.

오늘은 아빠의 체육관에 가기로 한 날이었다.

체육관 문을 열고 들어서자 줄넘기와 스파링을 하는 몇 명의 남자들이 보였다. 여성 회원을 위한 프로그램을 마련해 놨다고는 하지만 모두 남자들뿐이었다. 어디서 나는지 모르겠는 퀴퀴한 냄새부터 우선 제거해야 할 것 같은 체육관이었다. 그런 생각을 하며 안으로 들어서는데, 링 앞에 낯익은 사람이 있었다. 정빈이었다. 짧은 머리를 한 정빈이 물병을 손에 들고 앉아 있었다. 검은색 민소매 티셔츠와 반바지 차림이었는데, 긴 팔은 근육 없이 앙상한 모습이었다. 나를 알아본 정빈이 머쓱한 표정을 지으며 자리에서 일어났다.

아빠는 아직 얼굴에 든 멍이 다 사라지지 않은 모양이었다. 모자를 푹 눌러썼는데도 부어오른 눈두덩이가 멀리서도 한눈에 보였다.

"우리 아빠 잘 부탁해. 시합 나간다고 하면 꼭 말려 줘."

정빈이 입가에 희미한 미소를 지었다.

"잘할게."

"너무 맞지는 마."

정빈이 알겠다는 듯 고개를 끄덕였다.

"너 점심때 안 오고 왜 이제 와. 밥 사 준다니까."

아빠는 활짝 웃었지만, 엉망인 얼굴을 본 나의 마음은 좋지 않았다.

"아빠나 챙겨."

아빠에게 미안한 마음이 버릇처럼 그렇게 표현된다.

"나 아빠한테 뭐 줄 거 있어서 왔는데."

나는 에코 백 안에서 초대권을 꺼내 아빠에게 내밀었다.

"이게 뭔데?"

"학교 합창부 연주회."

"아, 그렇구나. 언제 하는데?"

"모레."

"모레?"

난감한 표정으로 아빠가 정빈을 돌아봤다.

"못 와?"

"아니…… 그날 다른 체육관하고 정빈이 첫 스파링을 잡아 놨는데…….'

"스파링은 미루면 되죠. 갈게! 관장님 모시고 갈게."

아빠는 아무래도 난처해하는 눈치였는데, 옆에서 정빈이 계속 가겠다고 했다. 정빈도 아는 거다. 아빠보다 나한테 잘해야 체육관에서 오래 운동할 수 있다는 사실을. 아빠는 초대권을 정빈에게 넘기고는 어떻게 해야 할지 모르겠다는 듯 돌아섰지만, 정빈은 입 모양으로 갈게,라고 했다.

체육관을 나오니 홀가분한 기분이 들었다. 체육관 건물 앞에서 하늘을 올려다봤다. 서지의 집에서 내려오는 길에 본 것과 비슷한 풍경의 하늘이었다. 그러고 보니 나는 요즘 자주 하늘을 올려다봤다. 지금의 감정을 잊지 않고 싶어서 그러는지도 모르겠다고 생각하며 발길을 옮겼다.

9

연주회가 시작되기 전까지 두 시간 정도가 남은 무렵이었다. 이제 무대 위에서의 마지막 리허설이었다. 오늘이 지나면 합창부가 연주회를 여는 일은 없을 것이다. 앞으로는 합창 연습을 하지 않고 합창의 역사나 음악 이론을 배우는 동아리가 될 거라고 선생님이 못 박아 버렸기 때문이다.

오늘 선생님은 어느 때보다 진중하고 날카로워 보였다. 선생님이 이렇게 예민할 수 있는 것도 오늘이 마지막이었다. 항상 중요한 공연이나 합창 전에는 선생님의 예민함이 극에 달한다는 걸 아는 단원들은 잔뜩 긴장한 모습이었다.

"자, 여기 보고."

연습이 이어지는 가운데 선생님이 지휘봉으로 보면대를 두드리며 주의를 집중시켰다. 파트별로 둘러보던 선생님이 지휘봉을 든 손을 올렸다가 손바닥을 보이며 합창을 멈췄다. 노래를 그치지 못한 몇 명의 소리가 이어지다가 끊겼다. 선생님이 소프라노 파트 쪽을 쳐다봤다.

"거기!"

선생님의 날카로운 지적에 단원들의 어깨가 바짝 얼어붙었다.

"이계영!"

놀란 건 이계영뿐이 아니었다. 단원들이 바로 선 자세에서 고개를 조금씩 돌려 이계영을 바라보았다. 선생님이 그렇게 상기된 표정과 격앙된 목소리로 이계영을 부르는 건 처음 있는 일이었으므로.

"네……?"

상기된 표정의 이계영이 웅얼거리듯 대답했다.

"여기 안 봐?"

"봤는데요."

"그게 보는 거야?"

"네?"

"보는 거냐고!"

선생님과 이계영 사이에 일어나고 있는 대치를 단원들은 믿을 수 없어 하는 눈치였다. 상상도 못 한 일이 연주회 직전에 벌어지고 있었다. 모두 잔뜩 긴장한 채로 그 상황을 지켜볼 뿐이었다.

"집중 안 해?"

"했어요!"

그때였다.

"나가!"

선생님이 소리쳤다. 이계영은 말이 없었다.

"안 들려? 나가!"

"선생님……."

이계영은 지금 상황이 이해가 가지 않는다는 표정으로 중얼거렸다. 선생님은 말도 섞기 싫다는 듯이 아예 이계영에게서 시선을 거둔 채 지휘봉을 휘휘 저었다.

"오늘 솔로는 계영이 대신 재현이가 해."

이계영에게 말할 때와 다르게 나긋한 목소리였다. 단원들이 몸을 틀어 움직이거나 헛기침하는 소리가 여기저기서 들려왔다. 싸늘한 적막 속에서 사소한 소리들이 크게 들렸다. 이계영이 양손으로 얼굴을 덮는 소리 같은 것이.

선생님이 시선이 다시 이계영에게로 향했다.

"이계영! 안 나가냐고!"

지휘봉으로 보면대를 내리치는 날카로운 쇳소리가 강당에 울려 퍼졌다. 갑작스러운 소리에 놀란 단원 몇이 어깨를 움찔했다. 선생님에게서 한 번도 들어 본 적 없는 사나운 외침을 듣고서야 이계영은 무대 밑으로 뛰어 내려갔다. 작은 소리조차 들리지 않는 적막이 무대를 휘감았다.

단원들도 알 것이다. 단순히 이계영이 집중을 하지 않아 선생님이 이러는 게 아니라는 사실을. 이계영을 다그치는 선생님의 얼굴에 드러난 것은 무언가에 지독히도 염증을 느끼는 사람의 표정이었다. 특별한 목표 없이 하루를 겨우 살아 내느라 지친 사람의 얼굴.

무대 바깥으로 뛰어나간 이계영의 발소리가 성난 사람의 걸음처럼 쿵쾅거리며 울리더니 이내 희미해졌다.

"자!"

선생님이 고개를 들어 단원들을 훑었다.

"집중!"

지금이 다시 오지 않을 순간이라는 걸 일깨우려는 듯한 외침이었다. 마지막이 될 리허설과 연주회.

"누구 또 이계영처럼 되고 싶은 사람 있어?"

그 말을 듣고 누구도 손끝 하나 움직이지 못했다.

리허설을 마치고 무대에서 내려와 대기실로 향할 때 누군가 뒤에서 내 손목을 잡았다. 뒤를 돌아보자 재현이 있었다. 우리 앞으로 단원들이 서너 명씩 짝을 지어 걸었다. 다가올 일에 긴장하고 초조해하는 모습이 단원들에게서 보였다. 재현이 걱정과 불안에 몸을 떠는 동안 나는 그녀의 손을 잡았다.

대기실 입구에 다다랐을 때 이제 막 안쪽에서 걸어 나오는 이계영과 마주쳤다. 단복을 갈아입은 다음 짐을 챙겨 나오는 모습이었다. 마주 걸어오던 이계영이 바로 앞에 섰을 때, 나는 재현을 먼저 보냈다. 뒤에서 따라오던 단원들이 나와 이계영을 지나쳐 대기실로 들어갔다.

"속 시원하니?"

눈을 부릅뜨고 나를 바라보던 이계영이 물었다. 나는 고개를 가로저었다.

"전혀."

"넌 내가 이렇게 되길 바랐잖아."

이계영이 입술을 깨물었다. 나를 씹어 먹기라도 할 기세였다.

"아냐."

나는 잘라 말했다. 표정이 묘하게 일그러진 이계영을 향해 나는 발을 떼었다. 대기실 안쪽에서 산발적으로 노랫소리가 들렸다. 이계영을 스쳐 지나가며 나는 말했다.

"너를 떨어뜨린 건, 너 자신이야."

음악 선생님이 부탁이 뭐냐고 내게 물었을 때 솔로를 바꿔 달라고 말했다.

"뭐?"

"재현이가 솔로를 했으면 좋겠어요."

반신반의하면서 한 말이었다. 선생님이 나를 혼내거나 쫓아낼 수도 있었다.

"왜? 재현이가 하고 싶대?"

나는 표정을 감추며 자신 없는 목소리로 그렇다고 대답했다. 가만히 말이 없던 선생님은 뜻밖에도 알겠다며 솔로를 바꿔 주겠다고 약속했다.

문득 뒤를 돌아보자 계단 위 어둠 속으로 차츰 사라지는 이계영이 뒷모습이 보였다. 나는 이계영이 보이지 않을 때까지 그곳에 한동안 서 있었다.

10

첫 연주는 무반주 합창이었다.

객석을 가득 채운 사람들의 호흡이 가깝게 느껴졌다. 나는 객석을 살피며 그곳에 앉아 있는 사람들을 훑었다.

시선을 객석에서 연단의 선생님에게로 돌릴 때였다. 객석 오른쪽 끝에서 누군가 나를 향해 손을 들었다. 힘없이 팔을 치켜든 익숙한 몸짓의 주인공은 정빈이었다. 그 옆에는 하회탈처럼 활짝 웃는 응수 아저씨가 있었다. 이제 시선을 거두려는 찰나, 응수 아저씨 옆에서 누군가 몸을 내밀었다. 아빠였다.

─오늘 연주회지?

연주회가 시작되기 직전, 아빠에게서 메시지가 도착했다. 그렇다고 짧게 답하려는데 아빠의 메시지가 금세 또 왔다.

─네가 반음이냐고 아빠한테 물은 적이 있지?

그랬나.

—난 음악을 잘 몰라. 그러니까.

연주회에 오지 않을 생각으로 메시지를 보내는 건가 싶었다. 아빠가 이렇게 뜬금없는 이야기를 꺼낼 때는 대체로 내게 미안해야 할 일이 있었으니까. 나는 악보가 담긴 파일을 찾느라 눈길을 돌렸다.

—반음이든 온음이든 상관없어. 그냥 네 목소리가 듣고 싶다.

나는 동작을 멈췄다. 누군가가 대강당으로 이동하라며 외치는 소리가 들렸다. 나는 소리가 들린 쪽을 힐긋 쳐다보고는 서둘러 문자판을 눌렀다.

고마워.

그렇게 썼다가, 곧바로 지웠다.

—아빠는 지는 사람이 아니라 끈질긴 사람이라는 거 잘 알아.

그 한 문장 말고는 쓸 말이 없었다. 나는 휴대폰을 가방 속에 던져 넣은 뒤 악보를 챙겨 나가려다가 돌아왔다. 한 문장을 더 보내야 할 것 같아서였다.

—그러니까 포기하지 않아도 돼.

첫 음을 내야 할 순간을 기다리고 있다.

객석에 앉은 사람들이 숨죽인 채 무대를 바라보고 있다. 선생님이 지휘봉을 잡고 무대에 선 단원들을 고루 둘러본 다음 동작을 멈췄다. 첫 음을 하나처럼, 영롱하게 내기 위해서 그동안 얼마나 많이 연습을 했는지 모른다. 오늘 연주의 시작인 첫 음을 선생님은 모자람이 없을 정도로 강조해 왔다.

선생님이 팔을 들어 지휘봉을 크게 허공에 내질렀다.

지금껏 기다린 그 첫 음이 울려야 할 시간이었다. 선생님의 연미복 재킷이 공중에 펄럭였다.

하지만 무대는 여전히 고요했다. 단원들 모두가 입을 벌려 노래하는 모습이었지만, 어떤 소리도 들리지 않았다. 선생님의 얼굴이 일그러지기 시작했으나, 그는 손을 내려놓을 생각이 없어 보였다. 상황을 믿지 않으려는 고집스러운 표정이었다. 선생님은 간절한 눈빛으로 무대 맨 앞의 재현을 쳐다봤다. 솔로라도 불러 주기를 바라는 듯이.

"고백할 것이 있습니다."

노래 대신 튀어나온 재현의 말에 선생님은 충격을 받은 듯 그제야 지휘를 멈췄다.

"학교 올라오면서 보셨겠지만 저희 부모님들은 지금 이 시간에도 교문 밖에서 항의 시위를 하고 계십니다. 저희 합창부도 이번 연주회가 끝나면 명목상의 동아리가 되어 실질적인 활동을 마감하게 됩니다. 저희가 사랑하고 몸담았던 학교와 합창부가 망가져 가는 모습을 보면서 그저 아름답게 노래를 부르는 것만이 전부가 아님을 깨닫게 되었습니다. 그래서 여러분의 기대와 바람을 저버리고 이렇게 소리 없이 노래하는 것으로 저희의 뜻을 전하게 되었습니다. 죄송합니다."

재현이 꾸벅 허리를 굽혔다.

연주회 직전에 재현은 내게 담담히 말했었다.

"이제 수시는 물 건너갔다. 그치?"

"걱정되면 하지 않아도 돼."

"아니, 할 거야."

재현이 단호하게 잘라 말했다. 하지만 나는 재현이 진심으로 걱정되었다. 괜한 상처가 재현에게 남지 않기를 바라는 마음이었다.

"어른이 되면 솔직해지기 힘들잖아."

먼 곳을 응시하며 다부지게 말하는 재현의 얼굴이 어쩐지 쓸쓸해 보였다. 나는 꼬깔콘 과자 모양으로 손가락을 감고는 재현에게 내밀었다.

"네가 가르쳐 줬잖아."

재현이 내가 만든 꼬깔콘을 말끄러미 바라보았다. 그러고는 자신도 꼬깔콘을 만들어 나의 꼬깔콘 옆에 갖다 대었다.

"빠져나가."

"빠져나가."

우리는 그렇게 차례로 주문을 외운 뒤 무대에 올랐다.

"저희만의 방식으로 하고 싶은 얘기를 전해야겠다고 생각했습니다. 저희를 지도해 주신 음악 선생님께는 차마 미리 말씀드리지 못했습니다. 죄송합니다."

재현이 음악 선생님을 향해 허리를 숙였다. 선생님은 휘청이듯 연단에서 내려와 무대 밖으로 걸어 나갔다. 무대 바로 앞 객석이 소란스러워졌다. 교장 선생님과 초청 인사들이 앉은 자리였다.

"아니, 지금 뭐 하는 거니?"

자리에서 벌떡 일어난 교장 선생님이 무대로 다가와 말했다.

"뭐 하는 거냐고! 이러라고 무대를 내준 게 아니니까 어서 내려와."

교장 선생님이 화를 억누르며 무대 밑으로 내려오라는 손짓을 했다. 하지만 우리는 서로의 손을 꼭 맞잡고 그 자리에서 움직이지 않았다.

"놔두세요! 뭐 하시는 거예요!"

객석 한쪽에서 사람들이 무대 앞으로 뛰쳐나왔다. 학교 앞에서 시위를 벌이던 학부모들이었다. 연주회가 시작되자 시위를 멈추고 기념관 강당으로 들어온 것 같았다.

"뭐야, 당신들!"

"애들 놔둬요, 놔둬!"

무대 앞에서 교장 선생님과 학부모들 사이에 실랑이가 벌어지는 동안 피아노 소리가 들리기 시작했다. 재현이 피아노 앞에 앉아 건반을 누르고 있었다. 나는 그 노래가 무엇인지 알았다. 나뿐 아니라 단원들 모두가 아는 곡이었다. 선생님 없이 우리끼리 연습한 노래. 선뜻 먼저 노래를 시작하는 이가 없자, 재현이 다시 처음부터 피아노 반주를 이어 갔다. 그리고 마침내 누군가 목소리를 냈다.

"난 아무것도 바라지 않는 사람으로 살아왔어."

한 명이 입을 떼자 다른 단원들도 따라 부르기 시작했다. 서로의 목소리가 물결처럼 합쳐져 흘렀다.

"모두가 내게서 문을 닫아 홀로 갇힌 것처럼 숨죽이고, 발끝에 힘을 주고 견디던 시간들."

우리의 목소리가 모여 화음을 이루는 와중에도 무대 앞 어른들은 여전히 싸우고 있었다.

"다들 웃지만 혼자서 무표정하게 서 있어야 했던 날들."

그 소절이 불릴 때 교장 선생님이 무대 옆의 강당 출입구로 걸어 가기 시작했다. 더는 어쩔 수 없겠다고 생각했는지 우리가 노래를 부르는 것도 제지하지 않았다. 교장 선생님과 초청 인사들이 떠나 간 앞쪽 자리가 구멍 난 듯 휑했다. 그런데 뒤쪽에서 객석을 떠나지 않고 있던 친구들이 걸어 나와 빈자리를 채웠다. 나는 피아노 앞에 앉아 있는 재현을 향해 시선을 돌렸다. 눈이 마주친 재현이 고개를 끄덕였다.

"하지만 이제는 나의 목소리로 노래할 거야."

그다음은 기억이 잘 나지 않는다. 내가 어떻게 노래를 불렀는지, 그날 하루가 어떻게 마무리되었는지. 집에 돌아와 몹시도 피로해 곧바로 잠에 빠져든 기억밖에 없다.

그날 사람들은 기대했던 노래를 들을 수 없었다. 사람들은 우리 에게서 원하는 모습을 보는 대신에, 우리의 이야기에 귀를 기울여 야 했다. 그날 우리가 부른 노래는 반듯하기만 한 온음의 세계에 울 려 퍼진 반음의 목소리였다.

서지 가족이 다른 동네로 이사를 했다는 얘기를 재현을 통해서 들었다. 재현은 서지 어머니에게 서지의 안부를 묻고는 했는데, 어머니는 이제 그것도 원치 않는다고 했다. 서지가 읽지 않았을 그 편지를 가져와야겠다고 생각했다.

서지의 집에 도착해 우편함 앞에 섰다. 그곳에서 나는 크게 숨을 들이마셨다가 뱉었다. 가져간 편지는 뜯거나 버리지 않고 간직해야겠다고 생각했다. 우편함을 열자 편지 봉투가 있었다. 그런데 내 것이 아닌, 서지의 것이었다.

제주야, 우리가 서로 나눈 노랫말과 흥얼거림이 기억나곤 해.

난 늘 사람들이 말하는 정답에 나를 끼워 맞추기 위해 노력했던 것 같아. 그 틀 속에 나를 끼워 놓고 사람들에게 내보였던 게 아닐까. 그래서 나란 사람은 없었던 게 아닐까. 그 생각이 나를 좀 괴롭힌 것 같아.

사실 더 나를 괴롭힌 건, 내 모습이 아니었던 그 순간이 너무 행복했다는 거야. 내가 아닌 모습으로 가진 그 순간이 사라질까 봐 두려웠다는 거야.

나는 이제 전처럼 행복하진 않지만 괜찮아. 내 모습을 찾아가는 중이거든.

그러니 걱정하지 않아도 돼, 제주야. 말하기 어려운 마음을 건네줘서 고마워.

서지가.

학교 발전 기금을 횡령한 교장 선생님은 기소되었다. 교장 선생님은 재판 전에 퇴임식을 열고 정년퇴직의 형식으로 물러났다. 발전 기금을 강제로 걷고 학교 운영에 필요 이상으로 개입한 이계영 어머니는 학교운영위원장직에서 사퇴했다. 그럼에도 이계영 어머니는 여전히 유력한 시 의원 후보라고 했다.

합창부는 더는 노래하지 않았다. 재현과 나는 노래하지 않는 합창부에서 탈퇴했다. 가끔 음악 선생님을 볼 때가 있었다. 군데군데 칠이 벗겨진 지휘봉을 여전히 들고 다녔고, 얼굴의 주름이 깊고 거칠었다.

나는 가끔 서지를 생각했다. 나는 서지를 계속 기다릴 것 같은데, 서지는 어떨지 모르겠다. 재현은 일반 대학에 가기로 결심을 굳혔고, 정빈은 운동이 뜻대로 안 돼 자주 방황한다고 했다.

이따금 노래할 때 거울을 본다. 노래할 때 내가 얼마나 자유로운

지 나는 모르고 있었다. 음악도 모르면서 노래를 부른다는 사실이 나를 얼마나 움츠리게 했는지 모른다. 노래를 부르는 내 모습을 외면하고 싶을 때도 있었다.

하지만 지금은 노래를 부르는 내 모습을 좋아한다. 노래를 부르며 진정으로 자유로워지는 것을 느낀다.

음악은 여전히 잘 모른다. 내가 좋은 사람인지는 더더욱 모르겠다.

그러나 계속 노래하고 싶다.

밤 산책을 하며 걷다 보면 가끔 교각 위로 지나가는 버스가 보인다. 하루의 무게를 짊어진 사람들을 싣고 버스는 느리게 움직인다. 버스가 정류장에 멈추고 사람들이 우르르 내린다. 사람들을 내려놓고 가벼워진 버스의 불빛이 어둠을 가르고, 겨우 자리를 차지한 한 학생이 차창을 열고 홀가분하게 밤바람을 마신다. 버스도, 사람도 떠나간 자리를 가만히 바라보다 처음 제주를 떠올렸다. 창밖으로 밤 풍경을 바라보며 어딘가로 향하는 제주의 모습을.

그렇게 찾아온 제주의 목소리가 이 소설을 쓰게 했다. 보이는 것 이면에 감춰진 어두운 구석을 살펴보게 하고, 낯선 감정과 상처에 대해 말하게 하는 목소리였다. 우리는 누군가의 기대에 맞춰 자신의 목소리를 감추곤 한다. 자기가 표현하고 싶은 마음을 드러내지 못하고 주저할 때가 있다. 자신의 소리로 노래하지 못하고 움츠러들거나 좌절하는 이들에게 제주의 목소리가 용기가 되었으면 한다.

책의 완성이 작가만의 몫이 아니라는 사실을, 『반음』을 펴내며 다시금 깨닫는다. 김준성 편집자님과 정소영 부장님을 비롯해 이 책을 일구는 데 힘써 주신 모든 분께 감사드린다. 곁에서 항상 처음으로 나의 글을 읽어 주는 유진 씨에게도 감사를 전한다. 그로 인해 '쓰는 존재'로 살아갈 수 있다는 고마움을 평소에는 전하기 어려워, 이 기회를 빌려 남기고자 한다.

이 소설이 누군가에게 선율로 닿기를 바라며.

2022년 겨울
채기성